潮騒はるか

葉室　麟

幻冬舎時代小説文庫

潮騒はるか

一

長崎の町に秋の陽《ひ》が射している。

菜摘《なつみ》は長崎奉行所に通うかたわら、坂道から長崎湾を眺めてしばし佇《たたず》んでしまう。

碧《あお》い海だ。

オランダ船が出入りする湾内には異国情緒が漂う。

筑前博多で鍼灸医《しんきゅうい》をしていた菜摘が、弟の渡辺誠之助《わたなべせいのすけ》、博多の眼科医稲葉照庵《いなばしょうあん》の娘、千沙《ちさ》とともに、長崎で蘭学を学んでいる夫の佐久良亮《さくらりょう》のもとにやってきたのは、一年前のことだ。菜摘は今年、二十四歳になる。ととのった顔立ちで肌が白く、坂道を上がるとほんのり紅を差したように頰が赤らむ。

亮は長崎の浜町の町家に下宿していたが、菜摘たちが来たことで、長崎では外町とも呼ばれる袋町に一軒の町家を借りて移り、皆で住むようになっていた。

坂を上って長崎湾を眺めると、菜摘は長崎の景色を楽しみながら長崎奉行所に向かう。鍼灸の道具箱を持った誠之助と千沙が後から従者のようについてくる。

菜摘と誠之助の父は筑前黒田藩の郡方《こおりかた》五十石、渡辺半兵衛《はんべえ》だ。このため誠之助も髷《まげ》を結い、袴《はかま》をつけた武士の姿で脇差だけを差している。

千沙は十七歳で見た目は華奢《きゃしゃ》で美しい顔立ちだが、幼いころから剣術や柔術、馬術を稽古しており、男勝りの気性だった。このため、日ごろ、髪を結って背中にたらし、袴をつけた男装をしている。

博多では千沙の男装はひと目につきやすく、世間からいろいろ言われたが、異風なものを見慣れた長崎では、さほどのことはなかった。

誠之助は菜摘に付き従いながら、

「姉上、しかし、長崎に来て仕事が見つかり、よかったですな。これも新しいお奉行のおかげです」

と新任の長崎奉行岡部《おかべ》駿河守《するがのかみ》長常《ながつね》を称えた。すると、いつも誠之助の言葉に逆らう癖のある千沙が口を挟んだ。

「でも、それは菜摘様の鍼灸の腕が見事だからです。誠之助様はもっと姉上に感謝しなければいけません」

「感謝ですか」

誠之助は首をかしげる。

「だって、誠之助様は働いておられないではありませんか。それなのに長崎で暮らせるのは菜摘様が奉行所の御雇《おやとい》になって給金をもらわれているからです」

「まあ、それはそうですが」

誠之助はしぶしぶうなずいた。

「だったら、ありがとうございます、とおっしゃってください」

千沙に言われて誠之助は馬鹿馬鹿しくなったのか、海のほうに目を遣《や》って、

「長崎の海は世界に通じているといいますが、まことに広大です。潮騒《しおさい》すらどこかの異国から聞こえてくる気がする」

とつぶやいた。

誠之助の言葉を聞いて千沙は何か言おうとした。だが、菜摘がそっと千沙の肩に手をかけて止《や》めさせた。

千沙がこんな風にからむのは誠之助が好きだからなのだろう。誠之助にしても千

沙に縁談があったりすると、困った顔になるから、まんざらでもないはずだ。しかし、ふたりは、どうも素直ではない。

菜摘はふたりの間柄を微笑《ほほえ》ましいと思いつつも、どうしたものかといつもの思案にふけりながら歩いていった。

博多で鍼灸医をしていた菜摘は多少の貯えがあったものの、長崎で鍼灸医を開業しても、患者が集まるかどうかわからず不安だった。

夫の亮は蘭方医学を学びに長崎に来ているものの、もともと博多の鍼灸医だけに医者の看板を掲げれば手伝ってくれるものと思って訊ねてみると、

「わたしはどうも忙しくてなあ」

と他人事《ひとごと》のように言った。というのも、このころ、長崎に、

――ポンペ

というオランダ海軍の軍医が訪れ医学校を開設したからだ。幕府は海防力を強化するために長崎に海軍伝習所を開設、その一環として、幕府直参ならびに諸藩伝習生を対象に官費でオランダ医学の教育を行っていた。

長崎では、三十年前の文政十一年（一八二八）に起きたシーボルト事件で国外追

放になった出島の軍医、シーボルトが日本人の弟子たちに伝えた医学こそが蘭方医学とされてきた。しかし、ポンぺはまだ二十八歳と若いだけにヨーロッパの清新な医学を身につけていた。

「ポンぺ先生からわが国の新しい蘭方医学が始まるのだ」

亮は興奮気味に話した。

昨年十一月に長崎奉行所西役所でポンぺの西洋医学伝習が始まると、亮は以前から親しくしていた奉行所の役人に頼み込んで聴講させてもらうことになった。

安政四年（一八五七）十一月十二日、西役所の一室でポンぺが松本良順《まつもとりょうじゅん》ら十二人の門人に講義を始めると亮も末席に連なった。

本来ならば、〈もぐり〉の聴講生ということになるが、物事にこだわらず、明朗で学問好きな亮はすぐに松本良順に気に入られ、いまではおおっぴらにポンぺの講義に出入りするようになっていた。

それだけに、時間がもったいないからと、鍼灸医の仕事をしようとはしなかった。菜摘が少しだけふくれていると、亮は引き換えのように奉行所での仕事を持ってきたのだ。

というのも、奉行所の牢には女牢があり、病人が出たときなど、男の医者では何かと不都合なことが多かった。

また、新任の岡部駿河守長常はこの当時の幕府の役人としては珍しいことに妻子をともなって長崎に赴任していた。岡部長常には病勝ちな妻と娘を女医に診《み》せたいという気持があったようだ。このため、菜摘は奉行所の御雇として岡部奉行の妻と娘を診た後、女牢の女囚たちを診ることになった。

長崎奉行所は、異国船の警衛やキリシタン、抜け荷の取締りにあたり、席次は江戸町奉行所に次ぎ、京、大坂町奉行所よりも上とされていた。

もともと本博多町にあった長崎奉行屋敷は寛永十年（一六三三）に立山《たてやま》役所と西役所のふたつに分けられた。

長崎奉行所としての機能は、菜摘が向かっている立山役所にあった。

長崎奉行所に着いた菜摘は門番に挨拶した後、門をくぐった。待ち受けた岡部奉行の家士に案内される。

鍼灸の道具箱を恭しく掲げた誠之助と神妙な面持ちの千沙が後に続く。

岡部長常の居宅は奉行所の奥にあった。広縁《ひろえん》を通って中庭の先に行くと、家士は広縁に跪《ひざまず》いて、菜摘が来たことを告げた。

「入るがよい」

中から聞こえたのは、意外にも男の声だった。

家士が障子を開け、菜摘が頭を下げて部屋に入ってみると、岡部長常の妻である香乃《かの》の病床のかたわらに長常と娘の佐代《さよ》がいて談笑していた。

長常は武蔵国《むさしのくに》の生まれで幼名を彦十郎といった。実父は太田運八郎《おおたうんぱちろう》、幼少のころに旗本岡部長英《ながひで》の養子となった。

今年、三十四歳である。ととのった白皙《はくせき》の容貌で幕府の役人として順調に出世をしてきており、有能な官吏として注目されていた。

長崎には三年前、長崎海軍伝習所の目付《めつけ》として赴任した時期があった。このころ長崎海軍伝習所の総取締は永井尚志《ながいなおゆき》で、長常とともに海軍の充実がわが国の急務だと考えていた。

長常は永井と相談して幕府の了解を待たずに独断で製鉄所建設を決定、キリシタン取締りのための踏み絵の廃止や英語伝習所創設なども行っている。

五年前の嘉永六年（一八五三）にペリーが来航、その翌年に日米和親条約が結ばれて以降、各国との条約締結が相次いでいるが、この年、安政五年（一八五八）七月に結ばれた日蘭通商修好条約の交渉には長常があたっていた。

長常は怜悧《れいり》な視線を菜摘に向けて微笑を浮かべた。

「佐久良殿、香乃が今日は気分がよいようなので娘と話をしに参った」

長常はいつも菜摘のことを佐久良殿と呼ぶ。このときも、親しげな口調で言った。

「それは、よろしゅうございました。明るい気持になれば病は癒えますゆえ、奥方様のためにはよろしゅうございます」

菜摘が言うと香乃は申し訳なさそうに頭を下げた。

「長崎に参ってから寝込んでしまい、旦那様のお世話もできず、申し訳ないことでございます」

「何を申す。さようなことは気にせずともよい」

長常が言うと、娘の佐代も、

「さようでございます。母上は江戸からの長旅でお疲れになったのですから、いまは御養生が何より大切でございます。ほかのことに気を遣われてはなりません」

と言葉を添えた。

長常と佐代から慰められた香乃は微笑んだ。

菜摘は、仲のよい親子を嬉《うれ》しげに見ながらも広縁の誠之助を振り向いた。誠之助は鍼灸の道具箱を部屋の中に差し入れる。

菜摘は道具箱を手元に引き寄せて治療の支度を始めようとした。すると、長常は手を上げて口を開いた。

「実は、今日は、佐久良殿の治療を見たいというひとが来ているのだが、よろしかろうか」

「治療をご覧になりたいのでございますか」

菜摘は目を丸くした。

「そうだ。佐久良殿と同じ女人《にょにん》の医者だ」

はっとして菜摘は訊《き》き返した。

「女人の医師でございますか」

長崎で女人の医師と言えば思い当たるひとがいる。長常は菜摘を見つめて、

「よいかな」

と確かめるように訊いた。菜摘は緊張して、はい、とかすれ声で答えて身を固くした。

長常は手を叩いた。

それに応じるように、近くの部屋から鉄錆《てつさび》色の着物に青い帯を締めた背丈の高い女が出てくると広縁を通り、菜摘たちがいる部屋の前に来て跪いた。

三十一、二歳だろう。背筋がすらりとのびて髪がやや赤茶けている。肌の色がおそろしく白く、彫りの深い目鼻立ちで、神々しいほどの美しさだ。広縁にいったん手をつかえたが、すっと顔を上げて大胆な眼差しを部屋にいる者たちに向けてきた。

菜摘は息が詰まる思いで女を見つめ返した。広縁にいる誠之助と千沙も緊張した面持ちになった。

長常がにこやかな表情で言った。

「佐久良殿もご存じだろう。いね殿だ。父上のシーボルト殿にちなんで、オランダおいねなどとも呼ばれているようだがな」

いねは手を上げて長常を制した。

「岡部様、さように戯言《ざれごと》をおっしゃっては困ります。お上《かみ》から咎《とが》められた父のことを口にされては、わたくしは身の置きどころがなくなります」

よく響く、凛《りん》とした声だった。

いねの母は肥前長崎丸山の遊女其扇《そのぎ》、本名をたきといった。シーボルトに愛されて妻となり、いねを産んだ。しかしいねが生まれて間もなく、シーボルト事件が起きてシーボルトは国外追放となり、妻子と引き裂かれた。

いねはその後、成長して父の門人二宮敬作《にのみやけいさく》に外科を学び、石井宗謙《いしいそうけん》に産科を教えられた。このとき、何があったのか、いねは宗謙との間に娘のただをもうけた。

宗謙には妻がおり、いねはひとりでただを育てながら医術を学んでいた。

長常が、さようであった、すまなかったな、と笑いながら言うと、いねは菜摘に目を向けた。

陽射しの加減なのか、いねの澄んだ目は青みがかって見えた。いねはちらりと口辺に笑みを浮かべてから言った。

「あなたは、先ほど、明るい気持になれば病は癒えると言われました。あれはまことのことでしょうか。それともただの気休めなのでしょうか」

まだ、初対面の挨拶もしないうちから、あたかも菜摘を試すかのような問いをいねは発した。菜摘は心を落ち着かせてから答えた。

「明るい気持になれば、体の血の流れがよくなります。そうすれば臓腑の働きも順調になり、よく眠れます。眠れば、不安や憤りなど体の中の悪い気の流れをなくすことができるのです。それゆえ、明るい気持を持つことは体の力を増し、病を治すことになると存じます」

菜摘の言葉を聞いて、いねはにこりとした。

「わかりました。さすがは佐久良亮殿の奥方ですね」

また、驚いて菜摘は訊いた。

「わたくしの夫をご存じなのですか」

はい、といねはうなずいた。

「わたくしはポンペ先生に学びたいと思っております。そのためにポンペ先生の講義を聴講している佐久良殿にお話をうかがったのです。そのおり、佐久良殿の奥方は大層、腕のいい鍼灸医だとおっしゃったので、ぜひ、治療の様子を拝見したいと思ったのです」

亮がいねに余計なことを言ったのか、と菜摘は腹が立ったが、そんなことを言うわけにはいかない。

「さようでしたか」

菜摘はできるだけ笑みを浮かべた。

「治療を見せていただいてよろしいですか」

いねは相手の心を見透かすような鋭い目を菜摘に向けた。菜摘は香乃に顔を向けてから、答える。

「奥方様がお嫌でなければわたくしは構いません」

菜摘の言葉に長常は直ぐに答えた。

「香乃は承知いたしておる。女人が医者の道を目指すためなら喜んで見ていただくということだ」

それならば、いねに治療を見てもらおう、と菜摘は腹をくくるしかなかった。

いねは微笑している。

二

　この日、菜摘が誠之助や千沙とともに家に戻ったのは夕刻になってからだった。

　菜摘はいねが見つめる前で、香乃の治療を行った。

　治療中、いねは黙っていた。

　だが、菜摘が治療を終え、鍼《はり》を道具箱にしまうと、鍼を打つ経穴《けいけつ》についてや治療の効果などについて矢継早に問うた。

　菜摘はひとつひとつ丁寧に答え、いねが満足して帰った後、女牢に赴いて、女囚のうち体の具合が悪い者の治療を行った。

　それだけに体はかなり疲れたが、家へ向かう菜摘の足取りは軽かった。いねと会えて話ができたことが嬉しかった。

　いねには何かひとを勇気づける大きな力がある、と菜摘は思った。いねのそばにいるだけで、体の中から湧き上がってくるものがある気がした。

あれは何なのだろう、数奇な生まれ方をしたがゆえに、困難を克服して生きなければならなかったひとが持つ力なのだろうか。

菜摘がそんなことを考えながら歩いていると、同じように興奮したらしい千沙がしきりに誠之助に話しかけていた。

「誠之助様はいね様のことをどう思われましたか」

誠之助は腕を組んで胸を張り、

「立派なひとだ」

と答えた。

「当たり前です」

千沙はぴしゃりと言ってのけた。さすがに誠之助はむっとした。

「立派だと思ったから、立派だと言ったのです。それを当たり前だと言うことはないでしょう」

「わたしは、いね様のどういうところが立派なのかをお訊きしているのです」

「それはつまり――」

誠之助は言いよどんだ。すると、千沙は得意げに言い添えた。

「いね様は女ひとりの力で子供を育てながら生きておられます。そして、自分がやるべきことをちゃんとわかっていらっしゃる。そこが立派なのです」

そんなことはわたしだってわかっている、と誠之助は思った。だが、口に出してしまえば、千沙はさらにいきり立って言い募るだろう。

ここは何も言わないほうがいい、と思って黙々と歩んだ。そんな誠之助をつまらなそうに見て千沙は、

「誠之助様は何も話そうとされないのですね」

と言った。相手にしてもらえず、すねたような言い方だった。しかし、誠之助は顔を真っ直ぐに前に向けて歩いていく。そして、不意に立ち止まった。

「姉上、家の前に誰かいますぞ」

誠之助は声をひそめて言った。

菜摘が見てみると、たしかに家の前に羽織袴姿の武士が提灯《ちょうちん》を持って立っている。まだ夕暮れで、さほど暗くはない。しかし、武士はすでに提灯に火を入れている。ぼんやりと明るい提灯がひどく役立たずで無能に見えた。

一方、近づいてみると、武士が小柄でひょろりとした体つきをしているのが見えてきた。

菜摘が近づいて、

「わたくしどもの家にご用でございましょうか」

と声をかけた。すると、武士はひどく驚いた表情になった。眉が薄く、目は小さい。鼻も小さいためか、ひどく弱々しい顔つきに見えた。

(うらなりのようなひとだ)

菜摘は何となくそんなことを思った。

「いや、ご無礼つかまつりました。実は佐久良亮殿に用事があって参ったのです」

武士の声は聞き取りにくいほど小さく、自信なげだった。

「主人にご用でございますか」

菜摘の返事を聞いて、小柄な武士は口をぽかんと開けた。

「それでは、あなたが鍼灸医の佐久良菜摘殿ですか」

「はい、さようです」

菜摘が答えると、武士は大仰《おおぎょう》にうなずいてみせた。

「それがしは――」

胸をそらせて言ったが、声がかすれてよく聞こえなかった。菜摘が問い直すと、今度は甲高い悲鳴のような声で、

「田代助兵衛《たしろすけべえ》の弟、甚五郎《じんごろう》でございます」

と言った。

――田代助兵衛
という名が菜摘の耳に響いた。

菜摘は幼いとき、福岡藩士、竹内佐十郎《たけうちさじゅうろう》の養女となっていた。その佐十郎は妻敵《めがたき》討ちの旅に出なければならなくなり、去年、十年ぶりに帰国したかと思えば決闘騒ぎを起こしたあげくに死んだ。

その件に絡んで菜摘の依頼で動いていた助兵衛は殺された。

菜摘には、助兵衛の死に自分は責任がある、という思いがあった。助兵衛の死後、家督は弟が継いだとのことだったが、この男がそうなのだろう。

菜摘が何と言ってよいかわからず、黙っていると、甚五郎は聞き取りにくい声で言った。

「それがし、兄の後を継いで、横目付《よこめつけ》を務めておりますが、此度《こたび》、福岡から長崎へ逃亡したある女を探索に参りました」

「罪を犯したひとなのでしょうか」

甚五郎が女を探索に来たと聞いて、菜摘は思わず長崎奉行所の女牢の女囚たちを思い浮かべた。

「その女は自らの夫を毒殺いたしました」

甚五郎は淡々と答える。

「そんな大それたことをしたのですか」

菜摘は眉をひそめた。

「まことに女は何をしでかすかわかりません」

甚五郎は何気なく言ってから、菜摘が女人であることに気づいたのか、ごほんと咳払いした。

「その女の探索のためにわたくしをお訪ねになられたのですか。わたくしたちは何も存じませんが」

「いや、菜摘殿はご存じないかとは存じますが、そちらの方には関わりがあるのです」

甚五郎はちらりと千沙を見た。

千沙は目を瞠《みは》った。

「わたしと何の関わりがあるのですか」

甚五郎は怯《おび》えた表情になり、唇を舌で湿してから、

「あなたは稲葉照庵殿の二女の千沙殿ですね。男の身なりをされていることは博多では有名ですから、ひと目、見ただけでわかりました。あなたには姉上がおられますね」

と言って千沙を見つめた。

「佐奈《さな》という姉がおりますが」

千沙が言うと、甚五郎はにこりとして大きくうなずいた。

「まさか――」

千沙が息を呑《の》んだとき、誠之助が口を開いた。

「かようなところで立ち話をしてはいけません。家に入りましょう」

菜摘もはっとして、甚五郎を家へと誘《いざな》った。

甚五郎はおとなしく菜摘に従う。呆然《ぼうぜん》とした千沙の肩を抱くようにしながら誠之助も続いた。

菜摘は客間に甚五郎を請《しょう》じ入れ、誠之助と千沙も座った。

菜摘は茶を淹《い》れて甚五郎に出してから、

「何があったのかお聞かせください」

と言った。甚五郎はそっと千沙を見てから話し始めた。

千沙の姉、佐奈は加倉啓《かくらけい》という書院番百石の藩士に嫁していた。加倉は和歌が堪能で藩主の覚えもめでたく、将来は藩の重臣になるであろうと目されていた。

その加倉が十日ほど前、自宅の居室で吐血して死んでいるのを女中が見つけた。

検屍した医師の診立てでは、石見銀山《いわみぎんざん》の猫いらずと言われる毒を盛られたのではないかということだった。

加倉の死骸《しがい》が見つかったとき、屋敷には佐奈の姿がなかった。そして佐奈の居室から、

——申し訳ないことをいたしました。死んでお詫びをいたします。

と書かれた遺書が見つかった。

「しかし、奥方の死骸は見つからず、それどころか関所を出て西へ向かった奥方の姿を見たという者が出てきたのです」

甚五郎はため息まじりに言った。

「ですが、西へ向かったというだけで、なぜ、長崎に向かわれたと思われたのですか。千沙さんに会うためなのでしょうか」

菜摘は首をかしげて訊いた。気弱げな表情で甚五郎は首を振った。

「奥方は加倉殿と和歌仲間であった男と不義密通をいたし、それゆえ、加倉殿に毒を盛ったのではないかと疑われております。不義密通の相手の男は八月に脱藩いたしましたが、数年前まで長崎聞役《ながさききききやく》を務めておりましたので、長崎で奥方と落ち合うのではないかということになって、わたしが派遣されたのです」

千沙が膝を乗り出した。

「姉上は不義密通などいたされる方ではありません。家を出て姿をくらまされたのは何かわけがあるとしか思えません」

　懸命に千沙が言い募ると甚五郎は目を瞬《しばた》いた。

「さようでしょうなあ。わたしもさような気がいたします」

　気弱げに言う甚五郎に菜摘は問うた。

「それで、佐奈様が密通したと疑われているのは何という方なのでしょうか」

　甚五郎はごくりとつばを呑んでから答えた。

「平野次郎《ひらのじろう》といいます」

「平野様――」

　聞いたことのない名だと菜摘は戸惑いの色を浮かべた。すると、誠之助が口を開いた。

「去年四月に犬追物《いぬおうもの》を復活させるべきだ、と殿様に直訴された方ですね。月代《さかやき》を剃《そ》らず総髪にして、古来の王朝の風を慕って太刀《たち》を佩《は》き、烏帽子《えぼし》、直垂《ひたたれ》の姿を好まれるとか」

「さようです。なかなかの変わり者だそうです」

　甚五郎は感心しないという風に言った。

平野次郎は名を国臣《くにおみ》という。

福岡藩の足軽《あしがる》で六石三人扶持《ぶち》の平野吉郎右衛門《きちろうえもん》の次男として生まれた。漢学を学ぶうちに、古来の姿を尊ぶ尚古主義を唱えるようになり、安政二年（一八五五）に長崎諸用聞次定役《しょようききつぎじょうやく》の属吏となって長崎に赴いた。

このころ、水戸の会沢正志斎《あいざわせいしさい》の『新論』に影響を受けて尚古主義をさらに深めた。藩主黒田《くろだ》長溥《ながひろ》に犬追物復興を直訴した一件では蟄居《ちっきょ》一ヵ月の処分ですんだ。

だが、この時期、江戸では、十三代将軍徳川家定《いえさだ》が病弱で男子を儲《もう》ける見込みがなかったので将軍継嗣問題が起こっていた。前水戸藩主徳川斉昭《なりあき》の七男で英明との評判が高い一橋慶喜《ひとつばしよしのぶ》を支持する一橋派と、血統を重視して紀州藩主徳川慶福《よしとみ》（後の徳川家茂《いえもち》）を推す南紀派とに分かれて対立が続いていたのだ。

さらに外国との条約締結に向けて勅許《ちょっきょ》を得る問題が絡んで紛糾し、南紀派である大老井伊《いい》直弼《なおすけ》は、不意の登城をして直弼を詰問しようとした水戸斉昭らを咎めて隠居謹慎などに処した。

〈安政の大獄〉の始まりである。

これに憤った薩摩の島津斉彬《しまづなりあきら》は五千の兵を率いて上洛しようとしたが、この年、七月に急病で没した。

斉彬上洛の噂は諸国を駆けめぐり、平野次郎はこれに呼応すべく脱藩したのだという。

「たとえ藩士が毒殺されたにしても、それだけなら加倉家のことですから親戚一同で奥方を捜し出して始末をつければいいのですが、平野次郎の脱藩は藩にどれだけの迷惑をかけるかわかりません。それで、わたしが長崎まで派遣されることになったのです」

甚五郎は情けない表情で言った。

千沙は甚五郎を見据えて言葉を発した。

「ですが、姉上は長崎には来ておりません。それに、来たとしても、そんな事情があるのでしたら、わたしのもとには来られないと思います」

甚五郎は困ったように言葉を返した。

「しかし、来ないと決めつけるわけにはいきませんぞ。やはり見張らぬわけには参りません。それで、できましたら、わたしにこの家で待ち受けさせていただきたいのですが」

菜摘は目を丸くした。

「この家で見張るというのですか」

「はい、なにしろ、福岡藩の長崎藩邸は手狭ですし、この家で下宿させていただければ探索にも便利で一石二鳥ですから」

甚五郎は案外、したたかな言い方をした。

「それは困ります。わが家は女人もいるのですから、あなたのような方を泊めるわけにはいきません」

誠之助はきっぱりと言った。

甚五郎は薄く笑った。

「藩の御用ですから、従ってもらわねばなりませんぞ。そうでなければ稲葉照庵殿や渡辺半兵衛殿に迷惑がかかることになります」

菜摘はどきりとした。甚五郎の声音は先ほどまでの気弱な物言いから、しぶといものに変わっている。

目にも鋭い光があった。

(このひとは見かけとは違うのかもしれない)

兄の田代助兵衛が、鼬《いたち》に似た機敏さとしつこさで真実に迫っていたことを思い出した。

「わかりました。部屋をお貸しいたしましょう」

菜摘が承諾すると、甚五郎は途端に、

「ああ、ありがたい」

と女のようにか細い声を出した。いつの間にか小心で気弱そうなうらなりの顔に戻っている。

菜摘はあきれながらも脳裏に今日、女牢で会ったひとりの女囚の顔を思い浮かべていた。

武家の妻女らしい身なりだったが、百姓、町人が入れられる牢に入っていた。

色白のととのった面差しがどこか千沙に似ていたように思う。

(まさか、あのひとが――)

その女を見たとき、何となく気になって牢役人に、あの女は何の罪で囚《とら》われているのか、と訊いた。

役人は面倒臭げに答えた。

「路銀に困って春をひさごうとしたのだが、途中で嫌になったらしく、相手の旅の商人を懐剣で切りつけ、巾着《きんちゃく》を奪って逃げたとんでもない女だ」

あの清楚《せいそ》な女がそんなことをしたのか、と菜摘は驚いた。

女のことは忘れていたのだが、甚五郎の話を聞いて思い出してみると、女牢にいたのは佐奈なのではないかと思えた。

(もし、そうだったとしたら、どうしたらいいのだろう)

佐奈が女牢にいると告げれば、甚五郎はすぐに長崎奉行所に引き渡しを求めるに違いない。そのあげく福岡に連れ戻されたら、佐奈は死罪になるだろう。

どうしたら、いいのか。

菜摘は考え込んだ。

三

この夜、亮は学生たちと医学校に泊まり込んでオランダの医学書を翻訳するということだった。

亮が帰ってくれれば相談したいと思ったが、あるいは明日も泊まり込みになるかもしれない。

菜摘はやむなく千沙と誠之助に、佐奈ではないかと思える女が牢に入っている、と話した。

「あの姉上がそんなことをするとは信じられません」

千沙は頭を横に振った。かたわらの誠之助がうーむとうなってから、

「間違いということもありますし。まず、牢に行ってその女から話を聞いてみてはいかがですか」

と言った。菜摘はすぐさま問い返した。

「それで、もし本当に佐奈様だったらどうするのです。わたくしは博多から来た他国者ですから、牢に入るときには、牢役人がそばにいるのです。わたくしが佐奈様に話しかければ牢役人の耳に入ります」

ああ、そうか、と言って誠之助は腕を組んだ。すると、千沙が膝を乗り出した。

「あの、いねという方にお頼みしたらどうでしょうか」

「いね様に――」

菜摘は驚いて目を瞠った。

「いね様もお医者なのですから、菜摘様の代わりに女牢のひとを診てもらいたいとお願いするのです。奉行所でもいね様が診ると言われたら、断れないと思います。それに、信の厚いいね様であれば、牢役人を遠ざけることもできるのではないでしょうか」

「ですが、いね様は佐奈様のことを何もご存じないのです」

菜摘が言うと、千沙は身を乗り出した。

「ですから、事情を話して、そのうえでわたしの手紙をお預けして姉上に見ていただくのです。姉上はわたしの筆跡がわかりますから、いね様に何が起きたのか話してくれると思います」

千沙の考えはもっともだと菜摘は思った。だが、シーボルトの娘、いねとはまだ会ったばかりである。とても頼み事などできない。

「それは無理なお願いです」

菜摘は眉をひそめて言った。しかし、千沙はあきらめない。

「いね様は頼み事を引き受けてくださる方のようにわたしは思います。駄目でもともとですから、お願いするだけでもさせていただけないでしょうか」

姉の佐奈の身がかかっているだけに、千沙も懸命だった。そこまで言われれば、菜摘も何とかしたいと思った。

だが、いねがどこに住んでいるのかもわからない。どうやって訪ねればいいのだろうか、と菜摘は考えをめぐらした。

菜摘が黙っていると、誠之助が、えへん、と咳払いした。菜摘が顔を向けると、誠之助はもったいぶった様子で、

「いね様なら、明日の昼、長崎奉行所西役所の医学校にポンペ先生の講義を聴きに見えるはずです」

と言った。

「本当ですか」

菜摘は目を丸くした。誠之助は自信たっぷりにうなずく。

「この間、義兄上《あにうえ》がそう言っていました。シーボルト先生の娘が訪ねてくるので学

生たちは興奮しているということです」

千沙は笑顔になった。

「やはり願えば、道は開けるのです。医学校でいね様に会いましょう。そうすれば、亮様にも此度のことをご相談できますし」

千沙の言葉に菜摘もうなずいた。

亮は家族が医学校に顔を出すことをほかの学生の手前、喜ばないが、いねに会いに来たと言えば、むげにはできないだろう。それに田代甚五郎に部屋を貸すことも話しておかねばならなかった。

それやこれやを考えると、医学校に行くのが何よりだと思われた。

「わかりました。明日、医学校に行きましょう」

菜摘が言うと、千沙はほっとしたように、

「よかった。もし、牢にいるのが姉上だとしたら、これで何とか救いの手が差し伸べられます」

と言った。だが、たとえいねが話を聞いてくれたとしても、牢の中にいる者に何ができるかはわからなかった。

千沙も不安なまま自分を励まそうとしているのだろう。

翌日の昼――

菜摘は千沙、誠之助とともに長崎奉行所西役所を訪れた。

長崎奉行岡部駿河守長常に気に入られている菜摘は西役所も何度か訪れており、顔見知りの役人が、

「佐久良殿をすぐに呼んで参ろう」

と言ってくれて、菜摘たちを玄関そばの控えの間に入れてくれた。

役人が奥へ行って間もなく、どすどすと足音を立てて控えの間の入口に立った男がいた。

男は頭だけ控えの間に突っ込んで菜摘たちを見まわして、

「佐久良亮のお内儀はどなたじゃ」

と野太い声で言った。

大柄な坊主頭の男で眼光が炯々《けいけい》としている。年齢は二十五、六だろう。

菜摘は思わず、胸を押さえながら答えた。

「わたくしでございます」

男は菜摘を上から下までじろじろと眺めて、感に堪えたように、

「美しいのう」

と言った。さらに、菜摘を鋭い目で見つめて問うた。

「名は何と言われる」

当惑しながらも菜摘は答えた。

「菜摘と申します」

男は大きくうなずいた。

「わしは松本良順だ」

ああ、このひとがポンペの医学校を取り仕切っているひとなのか、と菜摘は思った。

良順は下総国《しもうさのくに》の佐倉藩藩医佐藤泰然《さとうたいぜん》の二男として生まれ、幼名は順之助《じゅんのすけ》である。

幕府医官の松本良甫《りょうほ》の養子となった。

幕命で長崎に行き、ポンペの医学伝習生の責任者となって長崎養生所、医学所の運営に力を発揮していた。

後に幕府の医学所頭取となり、戊辰《ぼしん》戦争では幕府軍に加わって会津に病院を設け、

戦傷病者の治療を行った。

医者でありながら剛毅で、新撰組の近藤勇《こんどういさみ》や土方歳三《ひじかたとしぞう》とも親しくなるなど豪傑の風があった。

良順が控えの間に入ると、

「松本様、何をなさっているのですか」

良順の背後から亮の声がした。

良順は振り向いた。

「何をしているといって、美人で評判の佐久良の女房殿が面会に来たのだ。ひと目、お顔を拝みに来ただけのことではないか」

「申し訳ありませんが、わたしの女房は見世物ではございません」

「なんだ、怒っているのか。つまらぬ奴だな、さようなことは気にせんでもよいではないか」

良順はうるさそうに言った。

「わたしが気にせずとも世間が気にいたします。江戸に戻られれば、いずれ幕府医学所の頭取になられる方ではありませんか。ご身分に関わりますぞ」

亮は駄目押しをした。

さすがに、良順は口をつぐんだが、すぐに菜摘に顔を向けた。

「それで、お内儀は佐久良に会いに来られただけなのかな。お供も連れてきておるところを見るとそれだけとは思えぬ。何かほかの用事があるのなら、わしが聞いたほうがよいと思うが」

そうながされて、菜摘は、良順に聞いてもらったほうがいいと思った。

「実は、今日、医学校にいね様がお出でになると聞いたのです」

「ほう、いね殿に会いたいのか」

良順はにこりとした。

「お頼みいたしたいことがあるのです」

菜摘が言うと、亮はあわてた様子で、口を挟んだ。

「待ちなさい。いね様に何の頼みがあるのだ。わたしは聞いていないぞ」

だが、良順は亮の前に立ちはだかって、

「なるほど、そういうことなら、わしがいね殿に口を利《き》いてやろう。この医学校の運営に関わることは、すべてわしが幕府からまかされておる。わしの裁量しだいでどうとでもなるのだ」

と威張ってみせた。

菜摘が喜んで、

「ありがとうございます」

と言うと、良順は親しげに菜摘の肩をぽんと叩いて控えの間から出ていった。その後ろ姿を見ながら、亮はやれやれとつぶやいた。

「松本様はいいひとだが、お節介なところがある。一度、頼み事をすると、先々まででちょっかいを出してくるひとなのだ」

亮がうんざりした顔になると、菜摘はそばに行って声をひそめた。

「それでも、いね様に会わせていただけると、助かります。困ったことが起きておりますので」

亮は鋭い目で菜摘を見た。

「困ったこととは何だ」

菜摘はちらりと千沙を見てから、佐奈のことを話し始めた。

亮は黙って耳を傾けている。

昼過ぎになって、ポンペの講義が始まる時間になった。

講義室には机と椅子が並んでいる。

口髭を蓄えた温和な表情のポンペが講義室に入ってくると、良順始め亮と十二人の学生は立ち上がって迎えた。菜摘と千沙、誠之助は、良順から、

「せっかくだから」

と勧められて講義室の隅に座った。

ポンペはゆったりとした様子で学生たちを見まわし、菜摘たちにも気づいたが、何も言わず微笑を向けてきた。

ポンペは、ユトレヒトの陸軍軍医学校を卒業、オランダ領東インドで軍隊勤務の後、海軍外科二等軍医として長崎に到着した。その後、日本への医学の普及に情熱を抱くようになっていた。

ポンペが何事か呼びかけると、良順がすぐにそばに行って、低い声で説明した。おそらく菜摘たちのことを話しているのだろう。

ポンペはうなずいていたが、不意に顔を講義室の入口のほうへ向けた。菜摘もっ

られて入口を見た。

そこにいねが立っていた。

ポンペは顔を輝かせると、入口に向かって歩き、いねの前に立って握手をした。

「イネサン、ヨク来テクレマシタ」

ポンペがたどたどしい日本語で話すと、いねはにこりとしてオランダ語で応じた。

その様を見た良順始め、学生たちがいっせいに拍手をした。

この国に蘭学をもたらしたシーボルトの娘であるいねが、新しい蘭学の伝道者であるポンペと握手したことは、蘭学を志す者たちにとって感動的なことだったのだ。

菜摘と千沙、誠之助も立ち上がって、その光景を見守った。

やがてポンペと挨拶を交わし終えたいねは、聴講するために菜摘たちのそばにやってきた。

いねは菜摘を見て微笑んだ。

「あなたもポンペ先生の講義を聴きに来られたのですか」

いねに言われて、菜摘は申し訳なさそうに頭《かぶり》を振った。

「いえ、わたくしはいね様にお願いがあって参ったのです」

「わたくしに頼みたいことですか」

いねは不思議そうに菜摘を見つめた。

四

ポンペの講義は丁寧で、学ぶ者が理解できるまでゆっくりと言葉を選んで行われた。

もっとも、すべてはオランダ語だから、菜摘たちにはさっぱり内容はわからなかった。それでも師弟の緊張した様子から真剣な講義が行われていることがうかがえた。

いねは筆を取り出し、紙を綴じ合わせた帳面のようなものに何事かさらさらと書き付けている。

その様を見て、千沙がそっと菜摘に囁《ささや》いた。

「いね様は素敵ですね。わたしもあのような女人になりたいと思います」

「本当にそうですね」

菜摘はうなずきながらも、幕府によって国外追放された、言うなれば罪人であるシーボルトを父に持ついねが、これまでどれほどの辛苦に耐えて生きてきたのだろうか、と思った。その中で学問への情熱を失わずに生きてきたいねに畏敬の念を覚えるとともに、自分はとても及ばないという気持が湧いた。

そんなことを思いつつ、講義を聴いていると、不意にポンペが学生たちを見まわして、何事か言った。

どうやら、質問はないか、と言ったらしい。だが、誰も何も言わない。すると、いねが手を挙げた。

いねはポンペに向かって何事か言った。だが、ポンペは困惑した顔つきで答えようとはしなかった。すると、良順が振り向いて、

「いね殿、そのことは先生もこの場では話しにくいと思います。講義が終わりましたら、わしから申し上げますので」

となだめるように言った。

いねはうなずいて、それ以上、言おうとはしなかった。

講義が終わると、いねは良順とともに、ポンペについて出ていった。ポンペの部屋で話すのだろう。

いねと話ができるのは、それが終わってからだろうと思って、菜摘は講義室で待つことにした。そばに来た亮が感に堪えないといった顔で、

「さすがにいね様は思い切ったことを言われる」

とつぶやいた。

「先ほど、いね様は何と言われたのですか」

菜摘が訊くと、亮はあたりを見まわしてから、

「いね様はポンペ先生に今後、〈腑分け《ふわ》〉をされるおつもりはないかと訊かれたのだ。もし、されるのであれば自分も加えて欲しいとのことだった」

〈腑分け〉とは死体を解剖して、人体の有り様を確かめることだ。刑死した罪人の体を〈腑分け〉することが多い。

千沙が、青ざめて小さな声で、

「ひとの体を割いて、中の臓器を見るなど、とてもわたしにはできそうにありませ

ん」

と言った。

誠之助は腕を組んで、

「しかし、医術のためですから」

とぽつりと言った。千沙は誠之助を胡散臭《うさんくさ》そうに見た。

「誠之助様は〈腑分け〉のような恐ろしいことができるのですか」

「いや、とてもできませんが、ひとがすることは止めません」

のんびりした声で誠之助は言った。

「わたしだって、止めはいたしません」

千沙は言いながらも気分が悪くなったようでうつむいた。

「大丈夫ですか」

あわてて誠之助が背中に手をやると、千沙はいつものように素っ気なく払いのけたりはしなかった。

その様を菜摘が好もしげに見ていると、亮がさりげなく、やれやれ、とつぶやいた。誠之助がいつの間にか、千沙に飼い慣らされていると思ったのだ。

菜摘たちがそんな話をしていると、いねが戻ってきた。

「わたくしに頼み事があるということでしたが」

いねは微笑を浮かべて首をかしげた。

佐奈が夫を毒殺して不義密通の相手のもとへ奔《はし》ったとの疑いをかけられ、追われている。佐奈に似た女が牢にいるが、自分がむやみに近づけば福岡藩から来ている横目付に気づかれるかもしれない。代わりに牢の女を診るという名目で牢に入り、佐奈に似た女に会って確かめてもらえないだろうか。

そのように菜摘が頼むと、いねはしばらく考えた後、口を開いた。

「世間は女子のことをすぐに悪く言います。そのひとにもいろいろな事情があったのではないかと思います。信じられるひとであるのなら、信じたほうがいいとわたくしは思います」

いねはきっぱりした口調で言うと、さらに言葉を継いだ。

「頼みはお引き受けいたしましょう。その代わりと言っては何ですが、わたくしの頼みも聞いていただけますか」

いねの頼みとは何だろう、と菜摘は戸惑いながらも、はい、わたくしにできることでしたら、と答えた。

「佐久良殿から聞かれたかもしれませんが、わたくしは産科医としての修業のために女人の〈腑分け〉をポンペ先生とともに行いたいと思っています。そのためには、女の罪人を〈腑分け〉することをお奉行の岡部様に願い出なければなりません。あなたは岡部様のお気に入りのようですから、わたくしとともに〈腑分け〉をしたいと願って欲しいのです。そうすれば随分と〈腑分け〉がやりやすくなると思います」

「そんな、わたくしは〈腑分け〉などできません」

菜摘が頭を横に振ると、かたわらの亮が口を開いた。

「菜摘が実際に〈腑分け〉をしなくとも、ポンペ先生やいね様が〈腑分け〉をされる段取りの手伝いができればそれでいいのではないかな。〈腑分け〉は医術のためにしなければならないことだとわたしは思っているよ」

さりげない亮の言葉を聞いて、菜摘は大きく息を吸い込んでから、

「わかりました。〈腑分け〉のお手伝いをさせていただきます」

と答えた。いねはにこりとした。

「では、わたくしも女牢のひとに会いに行きましょう」

いねの頼もしい言葉を聞いて、菜摘は安堵《あんど》した。

この日、菜摘たちが家に帰ってみると、驚いたことに田代甚五郎がいて、既に身の廻りの荷物を運び込んでいた。

すっかりなじんだ様子で居間に座っていた甚五郎を見て、菜摘はあきれた。

「もう来たのですか」

甚五郎は平然と答える。

「善は急げといいますからな。それにしてもいささか戸締りが悪すぎますな。裏口の戸をちょっと叩いたら、しんばり棒があっさりはずれましたぞ。これでは盗賊にすぐに入られてしまう」

菜摘が鼻白むと、千沙が言葉を発した。

「そこまでして姉上を捕まえたいのですか」

甚五郎はじろりと千沙を見た。表情から愛嬌めいたものが消えている。

「お役目ですから」

甚五郎はひややかに言った。千沙はそれに負けないつめたい声で、

「もし、姉上がここに来たとしても、あなたには渡しませんから」

「そんなことはわたしに言わないで黙ってやったほうがいい。さもないと罪人を匿《かくま》った罪でお咎めがあるぞ。それもあんただけに留まらず、一家親族まで罪に問われる。賢かったらそんなことは言わないはずだがな」

甚五郎の声は低く、うらなりのような顔にも凄《すご》みが出ていた。千沙が唇を嚙んで黙ると、誠之助がのんびりとした声で言った。

「わたしが横目付だったら、そんな脅しは言いませんな。いかにも場合によっては見逃してやるかもしれないぐらいのことは言って、この家の者を味方につけます。そのうえで裏切るほうがお役目は簡単に果たせるのですから。あなたは兄上に比べて、随分、正直なんですね」

甚五郎は誠之助をじっと見つめてから、にこりと笑った。

「いや、すっかり見抜かれましたな。実はわたしは横目付になってから戸惑うことばかりでして。何もわからないものだから、とりあえず脅すことにしているんですが、見抜くひとには見抜かれてしまいます。とんだしくじりです」

甚五郎はひとよさげに言った。

菜摘には甚五郎の正体がよくわからない。兄の助兵衛よりまともなのかと思えば、したたかであるようにも見える。

いずれにしても、佐奈を守るためには、甚五郎の目をくらまさなければならない。油断はできない、と菜摘は思った。

十日後——

いつも菜摘が牢の女たちを診に行く日にいねと代わってもらった。奉行所の役人はいねが来ると聞いて、驚いた顔をしたが、すぐに許しが出た。

長崎のひとびとはいねにひそかな尊崇の念を抱いているようだった。いねには千沙が書いた手紙を持っていってもらった。

牢にいる女が本当に佐奈であるならば、手紙を読んで、必ず千沙への伝言を頼むはずだった。

夕刻になっていねが菜摘の家を訪ねてきた。菜摘が居間でいねに応対すると、誠之助と千沙も二階から降りてきた。

菜摘はいねに茶を出してから、

「いかがでしたか」

と訊いた。

いねは茶を飲んで苦笑した。

「菜摘さんが言った武家の妻女らしい女は牢では早苗《さなえ》と名のっているそうです。牢役人に所用を申し付け、その隙に千沙さんの手紙を見せたら、食い入るようにして読んで、目に涙をためていましたから、おそらく佐奈というひとに間違いはないでしょう。しかし、あのひとは、千沙さんの手紙を読んだ後、何も言わないのです」

千沙は膝を乗り出して言った。

「そんな、わたしはいね様は信用できる方だから、何でも話してくださいと書きましたのに」

いねは穏やかな表情で千沙を見つめた。

「話してくれと書いたから、話すとは限らないでしょう。夫を毒殺した疑いをかけられるとは、よほどのことです。仮に濡れ衣だとしても、そうなったのには、よほどの事情があると思われます。他人のわたくしに話す気にはなれないかもしれません」

菜摘は眉を曇らせた。

「ですが、それならそれで、千沙さんと話がしたいと思われるのではないでしょうか」

いねはゆっくりと頭を振った。

「わたくしは若いころ岡山に行き、父の弟子のひとりであった石井宗謙というひとに産科を教わりました。しかし、その間に石井宗謙から手籠《てご》め同然にされて、あげく、ただという娘を産んだのです。さようなことになったとき、若いわたくしはひとにも言えずに苦しみました。女子の苦しみはひとに言うことができないところにあるのです。おそらく佐奈さんも闇の中にたったひとりでいるのでしょう」

千沙が涙ぐんで訊いた。

「それは妹のわたしにも言えないことなのでしょうか」

「妹だからこそ言えない大きな苦しみなのだろうと思います」

いねはため息をついた。

「では、わたくしたちは黙っていることしかできないのでしょうか」

菜摘が言うと、いねは三人の顔を見まわしてから口を開いた。

「そういうわけにはいかないでしょう。少なくともあの牢から救い出さない限り、佐奈さんの命はないでしょう」

菜摘と千沙は顔を見合わせた。牢にいれば命が危ういとはどういうことなのだろう。

誠之助が恐る恐る訊いた。

「いったい、佐奈様に何が起きているのでしょうか」

いねは目を閉じて話した。

「わたくしが牢で話していると、佐奈さんは突然、口を押さえて苦しそうにしました。おそらく、あれは悪阻《つわり》だと思います」

「まさか――」

菜摘は息を呑んだ。

いねは瞼を上げた。

「女子が夫を殺した疑いをかけられ、道中で金に困ってひとを傷つけてまで生き延びようとしているのは、わが身に子を宿しているゆえかもしれません。佐奈さんは何としてもわが子を産みたいと思われているのではないかと思います。しかし、牢で子供を産むことはできません。ほかの女囚たちが、それを許さないのです。いや、あの弱った体では、その前におなかの子ともども命は絶たれるでしょう」

いねの言葉に菜摘は愕然《がくぜん》となった。

まさか、いねが願い出ようとしている〈腑分け〉で佐奈の死体を使うことになったらどうしようと思うと胸が震えた。

千沙は悄然《しょうぜん》として、

「いったいどうしたらいいのでしょうか」

とうめくように言った。すると、腕を組んで考えていた誠之助が、

「佐奈様を牢から出す方法がひとつだけあるのではないでしょうか」

と言った。

菜摘は誠之助に顔を向けた。

「どうやったら、牢から出せるというのです」

誠之助は目を鋭くして答えた。

「佐奈様の身元を明らかにして福岡藩に引き取ってもらうのです」

千沙が悲鳴のような声をあげた。

「それではすぐに福岡に送り返されて死罪になるではありませんか」

「ですから、その前に佐奈様に何が起きたのかを調べて、濡れ衣を晴らすのです。そうすれば佐奈様を救うことができるはずです」

誠之助の言葉を聞いてうなずいた菜摘はいねに訊いた。

「いね様、佐奈様は牢内であとどれほど生き延びることができるでしょうか」

問われたいねは考え込んでから答えた。

「まずもってひと月でしょう。それ以上はとても無理だと思います」

千沙が菜摘を見つめた。

「でもどうやって調べるのです。福岡で起きたことを長崎にいるわたしたちが調べてもわかるはずがありません」

誠之助がさりげなく言った。

「まず、田代甚五郎から知っていることをすべて訊き出すことだろうな」

菜摘は考えをめぐらしながら言葉を添えた。

「それに佐奈様が不義密通したと疑われている平野次郎というひとが本当に長崎に来たら、そのひとから事の真相がわかるかもしれません」

誠之助が膝を叩いて、

「もどかしいですな。そんなことでわかるのでしょうか」

いねが首をかしげて、

「それなら菜摘さんの旦那様の佐久良殿を頼られたらどうですか。近ごろ、医学校ではその明察ぶりが評判になっているそうです。どんなことでも佐久良殿ならば探り出せるのではないでしょうか」

いねに言われて、三人はうなずいた。千沙が大きく膝を乗り出して言った。

「やりましょう。わたしは何としても姉上をお助けしたいのです」

いねは淡々と言った。

「たとえ、それがどのように辛いことであっても、真実を知ったほうがわたくしはよいと思います。わたくしたちの生きる道は真実のさらに向こうにあるのですから」

いねの言葉にある翳《かげ》りが菜摘の胸に伝わってきた。それでも、やらなければならない。

菜摘は自分に言い聞かせた。

五

　この日の夕方、家に戻ってきた亮は、菜摘から話を聞いて眉をひそめた。誠之助と千沙はかたわらで亮の顔をうかがい見ている。

「それは難しいなあ」

「それはわかっていますが、やらなければ佐奈様を救えません」

　菜摘は亮ににじり寄って言った。亮はう一んとうなってから、

「もし、できるとしたら、イチかバチか、田代甚五郎様にすべてを打ち明けて、わたしたちの仲間にするしかないな」

　と言った。菜摘は息を呑んだ。

「そんなことをしたら、田代様はすぐに長崎奉行所に掛け合って佐奈様を引き渡してもらい、福岡に連れ帰ってしまうではありませんか」

「いや、必ずしもそうではない」

亮は静かに言った。

「田代様は、たとえ加倉様を佐奈様が殺したにしても、加倉家の親戚が始末をつければいいことだが、平野次郎様のことが放っておけないので、横目付である自分が長崎まで来たと言ったのだろう。田代様の狙いは平野様であって佐奈様ではないということだ」

「それはそうですが、佐奈様をつかまえれば、平野様も捕えられると思っているのではありませんか」

菜摘は首をかしげた。亮は腕を組んでにこりと笑った。

「だから、わたしたちが平野様を捕える手助けをすると言えば、田代様も考えてくれるはずだ」

はたして亮の言う通りになるだろうか、と不安に思った菜摘は、誠之助に顔を向けた。

「そんな風にうまくいくでしょうか」

誠之助は、首をかしげてから、何か言おうとしたが、千沙が口を挟んだ。

「わたしは亮様の言われるようにやってみたほうがいいのではないかと思います」

きっぱりと言う千沙の顔を菜摘は見つめた。

「でも、田代様は信頼できるでしょうか」

千沙は首を横に振った。

「信頼できるとは思いません。ただ、あのひとの兄上のことを思い出してください」

「田代助兵衛様ですか」

菜摘は驚いたように言った。千沙は大きくうなずいた。

「そうです。助兵衛様はひとの秘密を探るのが好きな変わった方でした。そのためには藩のご重役の機嫌を損じることも平気でした。そんな助兵衛様の弟なら田代甚五郎様も変わったひとではないかと思うのです」

「兄がそうだからといって――」

弟もそうだとは限らないと菜摘が言おうとしたとき、誠之助が大きな音を立てて膝を叩いた。

「それは、わたしも考えていたことです。せっかくいま言おうとしたのに、横取りするとは千沙殿はずるいなあ」

千沙は誠之助にすました顔を向けた。

「思いついたのなら、早く言ってくだされぱいいのです。誠之助様は何事ものんびりしすぎです」

「わたしはのんびりなどしておりませんぞ」

誠之助がむっとして言うと、千沙はきらりと目を光らせた。

「のんびりしているではありませんか。だから、いつまでたっても、わたしに何もおっしゃらないのです」

「何も言わないと言われても――」

誠之助はそれ以上言えずに絶句した。千沙はむっとした顔をしてうつむいた。

菜摘はあわててふたりの間に入るようにして、

「誠之助も千沙さんも何を言っているのです。わたくしは、田代様を仲間にすることなどできないと思います」

と言った。すると、亮がゆっくりと頭を振って立ち上がった。

「菜摘、できるかできないかではなくて、わたしたちには、そうするしか道がないのだよ」

「どういうことでしょうか」

目を丸くして菜摘は亮を見つめた。

亮は障子に近づいてがらりと開けた。

「田代様はこの家での話をすでに盗み聞きして、すべてを知っておられるのだ」

青白い月光が射す中庭に黒い影が立っていた。

うらなりのような顔をした甚五郎だった。甚五郎は悪びれることなく、ゆっくりと縁側に近づいてにこりとして、

「いや、噂に違《たが》わず佐久良殿は鋭いですな」

と言った。

亮は淡々とうながした。

「中庭では話が遠いでしょう。上がられたらいかがですか」

甚五郎は平然として、

「しからば、さようにさせていただきます」

と言いながら縁側から上がってきた。

菜摘に向かい合って座った甚五郎は軽く頭を下げた。

「盗み聞きなど卑しき真似《まね》をしたことはお許しください。これも御用でございますから」

菜摘は甚五郎を睨んだ。

「この家に住むのは佐奈様の探索のためだと言いながら、実はわたくしたちを探るためだったのですね」

「さようですな。あなた方の動きを見張っていれば何かわかると思いました。案の定、先日からひそひそと怪しげな話をされていた」

甚五郎は何でもないことのように話した。

「それで盗み聞きをされたのですか」

蔑《さげす》むように菜摘は言った。

甚五郎はにやりと笑った。

「それが、横目付というものなのでござる。亡き兄もさような男ではございませんでしたか」

言われてみれば、助兵衛も菜摘たちに力を貸すように見せながら、ひそかに探索を続け、そのために命を失うことになったのだ。

菜摘はため息をついた。

「さように思われていると、危うい目に遭うことになるのではありませんか」

「そうかもしれませんな。しかし、これがわが田代家の血筋というもののようです」

甚五郎は何となく胸を張った。

盗み聞きするのが血筋だと胸を張るのはいかがなものか、と菜摘は思ったが、それ以上は言わなかった。

亮がさりげなく口を開いた。

「聞かれていたのなら、わたしの考えはおわかりでしょう。佐奈様に何があったのか、詳しいことを話してくださいますか」

「それは平野次郎を捕えることにあなた方も力を貸すということですな」

亮はきっぱりとうなずいた。

「さようです」

甚五郎は、ふふ、と笑った。

「それならば、わたしにも出ようがある」

甚五郎の言葉を聞いて、うなずいた亮は、

「では佐奈様に何が起きたのか、田代様がご存じのことを話していただけますか」

と訊いた。

菜摘と誠之助、千沙は食い入るように甚五郎の顔を見つめた。

甚五郎はつるりと顔をなでた。

「話してもようござるが、これは、あくまでわたしが加倉家の家士や女中たちから聞き取ったことから推し量ったもので、まことかどうかはわからぬのです。実際には加倉佐奈殿に訊くしか確かめようはござらぬ」

「承知しております」

亮はうなずいて、目で甚五郎に話すよううながした。誠之助と千沙も膝を乗り出した。千沙は顔を引き締めて、

「田代様のお話、承《うけたまわ》りとうございます」

と声を高くして言った。

甚五郎は思わず、あたりを見まわして、

「声が高《たこ》うござる」

と言って立てた指を自分の口に押し付けて、しーっと言ったが、千沙が意に介さない顔つきなのを見て、やれやれとため息をついた。

菜摘は甚五郎をなだめるように、

「わたくしたちは田代様からうかがったことを誰にももらしはいたしませんから、ご安心ください」

と言った。

甚五郎はごほんと咳払いしてから話し始めた。

六

加倉家に平野次郎が訪れるようになったのは、三年前の春のことだった。

足軽の家に生まれた次郎は本来なら百石の加倉啓と交際できる身分ではなかった。

福岡藩の足軽の家は、生け垣に珍竹と言われた篠竹を使っており、

――チンチクどん
と呼ばれていた。次郎はこのチンチクどんだけに、上級武士の屋敷の門をくぐることはなかった。

だが、次郎の父吉郎右衛門は藩の杖術《じょうじゅつ》師範も務めていた。杖術は足軽の武芸とされていたが、加倉家は代々、杖術を伝えており、吉郎右衛門とは杖術を通じて親交があった。

啓は三歳年上だったが、次郎の闊達《かったつ》で物怖《ものお》じしない人柄と、和歌や古典の素養を好んで親しくするようになった。

そんな次郎だったが、啓と親しく交わるうちに、しだいに過激な論を述べるようになった。

次郎は嘉永四年（一八五一）、二十四歳のとき、玄界灘《げんかいなだ》の大島詰めとなったことがあったが、このころ藩主長溥の実家である薩摩の島津家では〈お由羅《ゆら》騒動〉と呼ばれる事件が起きていた。

藩主の側室、お由羅が寵愛をかさに着て、自らが産んだ久光《ひさみつ》を藩主の座に据えよ

うと目論んだとされるのが、騒動の発端だった。

これに対して嫡子斉彬を支持する藩士たちが、久光とお由羅を討とうとして、却《かえ》って弾圧され、切腹や遠島の処罰を受けたというものだった。

この騒動の際、薩摩を脱出し、福岡藩主長溥に訴えた薩摩藩士が数人いた。長溥はこれらの者たちを引き渡せという薩摩藩の要求をはねのけ、大島に匿った。

この中に北条右門《ほうじょううもん》という薩摩藩士がいたが、次郎と知り合い、意気投合した。次郎は右門と議論を交わすうちに尊王攘夷の志に目覚めた。

さらにペリーが来航した嘉永六年（一八五三）の冬、次郎は普請《ふしん》奉行の配下として江戸詰めになった。

ペリーの艦隊は翌年も再来しており、攘夷か開港かをめぐって在野でも激しい議論が起こった。このとき、次郎は、水戸藩の会沢正志斎が著した『新論』を読んで感激し、尊王攘夷の志を固めたという。

このころから次郎は義経袴に鹿皮の鞘尻《さやじり》の刀という装いで、横笛を吹きながら東海道を下るなどした。

古来の装束をよしとする次郎に共鳴する藩士も出てきて、家中では次郎たちを、

——お太刀組

などとひややかに呼んでいた。

啓は次郎が尊王論を声高に言うのを聞くうちに、不安になり、いったん交際を止めようとした。だが、次郎が長崎で諸用聞次定役を務めて福岡に戻ると、再び、屋敷への出入りを許すようになった。

啓は藩の目付である大野《おおの》十郎兵衛《じゅうろべえ》から、次郎の言動を報せるよう命じられたらしい。啓は次郎が訪ねてくると、酒を出し、しきりに尊王攘夷の話をして、次郎が知る諸国の尊王攘夷派の動きを探った。

次郎は熱血の快男児とも言うべき男だけに、啓を疑わずに何事でも話した。しかし、このことに胸を痛めたのが、佐奈だった。

佐奈も和歌の素養があり、次郎が訪れたときなど、啓とともに話し相手になることがしばしばだった。

その間に次郎を心から敬うようになっていた。

それだけに啓が次郎から尊王攘夷派の動きを訊き出そうとする背信が許せず、そのことでしばしば啓を諌《いさ》めた。

だが、啓は決して佐奈の言うことに耳を傾けず、却って佐奈と次郎の間を疑うような言葉を口にした。

次郎には菊《きく》という妻があり、九歳の長男とふたりの女の子があったが、先ごろ、離別していた。

啓が佐奈との間を疑ったのはそのためだった。

このため、佐奈は口をつぐむようになったが、ある日、屋敷を訪ねてきた次郎が、

「近ごろ、目付がわたしの周囲を探っておるようです。ご迷惑をおかけいたしてはおりませんか」

と言った。啓は落ち着いて答えた。

「いや、さようなことは何もない」

「それはよろしゅうございました」

これを聞いて、次郎はほっとした表情を浮かべた。

「なぜ、さように気にするのだ」

啓はうかがうように次郎を見て、訊いた。

次郎はにこりとして明るい表情で答えた。

「いや、実はそれがし、近く薩摩の動きに呼応して脱藩いたし、尊王攘夷の運動に身を投じようと考えております。このことを薩摩の同志にも書状を送って伝えましたが、その際、加倉様のことをわが藩での頼もしき同志であると認《したた》めたのでございます」

「なんと」

啓は目を剝《む》いた。思わず啓が、誰にそのような書状を送ったのだ、と訊くと次郎は平然として、

西郷吉之助《さいごうきちのすけ》
吉井幸輔《よしいこうすけ》
伊地知龍右衛門《いじちりゅうえもん》
有村俊斎《ありむらしゅんさい》

などの名をあげた。いずれも、その後、薩摩尊攘派として活躍する男たちだった。

啓はどの薩摩藩士の名も知らなかったが、いずれにしても自分の名が伝わったことに容易ならざるものを感じた。

「困るではないか。さような者たちにわたしの名を伝えられては」

啓が苦情を言うと次郎は目を丸くした。

「これから天下は多士済々、多くの志士が名のりをあげてくることになりますぞ。わたしは識見、人格ともに加倉様は他藩の者たちに劣らずと思っております」

「だが、わたしは過激な振る舞いをして藩に迷惑をかける気は寸毫《すんごう》もないのだ」

気色《けしき》ばんだ啓の言葉に次郎は失望の色を浮かべた。

「それでは、いままで加倉様がお話しになったことは、自ら行う気のない口先だけのことであったことになりますぞ」

「何とでも思えばよい。ともあれ、わたしは軽はずみなことはせぬ。薩摩の者たちに、わたしのことは間違っていたと伝えよ」

「それでは彼《か》の者たちが承知いたしませぬ」

次郎はきっぱりと答えた。

「なぜだ」

次郎の強硬な態度に啓は顔色を青ざめさせた。

「われら志士たる者はおのれの言説に命を懸けております。軽々しく大義を口にする口舌《こうぜつ》の徒は最も憎むべきところです。もし、さような者を同志に紹介したとあっては、わたしは加倉様を斬《き》らねばならなくなります」

「まさか、さような——」

啓は思わず手を震わせた。

「裏切り者は殺すのが志士たる者の掟《おきて》でございます」

次郎は厳しく言ってのけた。

「待て、わたしは裏切ってなどいないぞ」

「さようでしょうか。加倉様はわが家中での尊攘派の動きを探るためにわたしと交わっているのだという噂がございますが、このことはいかがですか」

次郎は啓を爛々《らんらん》と光る目で見据えた。

啓は蒼白になった。

目付からの命により、次郎から話を聞いていることを察知されているとは夢にも思わなかったのだ。

啓は額に汗を浮かべた。

「待て。ではいまの薩摩の者たちにわたしの名を書き送ったというのは、わたしを試すための偽りだったのだな」

「とんでもございません。先ほど申したのはまことのことでございます。されど、加倉様のご様子がおかしいゆえ、かねてからの噂を思い出して申し上げただけでございます。どうやらこちらが図星だったようですな」

　次郎は残念そうに言った。

　啓は恐れるように次郎を見た。次郎は父から杖術の手ほどきを受け、武芸に長じているという噂だった。

　他家を訪ねたときの作法として太刀は刀部屋に預けているが、腰には脇差がある。敏捷《びんしょう》そうな身ごなしの次郎だけに、跳びかかれば一瞬で啓を刺殺できるだろう。

　啓は震える声で言った。

「わたしを斬るつもりなのか」

　次郎は目を細めて考え込んだ。日ごろ、快活な次郎だけにそんな表情をすると、殺気が迸《ほとばし》るように感じられた。

「そうですな」

　次郎はゆっくりと言って脇差の柄《つか》に手をのばした。そのとき、

「お待ちくださいませ」

と声がして縁側の障子が開いた。

佐奈が縁側に跪いていた。

「佐奈様、いつからそこにおられました」

次郎が悔いるように言った。

「お茶を持って参りましたが、おふたりのお話を耳にして、入れずにおりました。お許しくださいませ」

佐奈はうなだれて言った。

次郎は佐奈の姿にちらりと目をやってから、手を脇差の柄から離して大きくため息をついた。

「これ以上の話を佐奈様の前でするわけには参りませんな。また、日を改めるといたしましょうか」

次郎が立ち上がろうとすると、啓がうめくように言った。

「またにするだと、さようなことは許さぬ。わたしは今日のことをすぐに目付に報せるぞ。さすれば、そなたはすぐに召し捕られることになる。それが嫌なら、さっさと脱藩することだな」

啓の言葉に構わず、次郎は立ち上がった。

「さようなことをいたしても無駄でござる。わたしが役人に捕われるようなことがあれば、薩摩の同志が加倉様も一味であるとの証《あかし》となる書状を福岡に送る手はずになっております。なるほどわたしは処分されましょうが、なにせ、足軽身分でございます。領外追放がせいぜいのところです。それに比べ百石の加倉様は、家中への見せしめのためにも切腹は免れますまい」

言い捨てて次郎が出ていこうとすると、佐奈が引き留めた。

「お待ちください。夫が先ほどから申したことは一時の気の迷いでございます。今一度、お出でになったときには、違う話ができるかと存じます」

「違う話ですと？」

次郎は佐奈に顔を向けた。

「はい、夫は常日ごろから天子様を敬《うやも》うております。平野様に話したことに嘘偽りはないかと存じます。ただ、薩摩の方のことを聞かされて動転いたしたのでございます。落ち着いて考えたならば、きっと平野様と同じ志であることを思い出すに違いございません」

「なぜ、さように思われるのです」

興味深げに次郎は訊いた。

佐奈は次郎の顔を見上げて答える。

「わたくしは和歌の道を学びまして、この国は天子様を崇《あが》めてこそ、清く正しくあるのだと思うようになりました。その思いは平野様も同じでございましょう。されば、夫にもわからないはずはない、と信じております」

佐奈の言葉を聞いて、次郎は感銘を受けたようにうなずいた。

「奥方様のお言葉はまことにもっともでござる。やすやすと疑いをかけて、命を奪うがごとき粗忽《そこつ》な振る舞いは、王道に背《そむ》くと言わざるを得ません。日を変え、あらためて加倉様の心底《しんてい》をうかがいに参ります」

佐奈に頭を下げた次郎はそのまま縁側に出て玄関へと向かっていった。

啓はがくりと肩を落とした。そんな啓を佐奈は憐れむように見つめた。

啓は強張《こわば》った表情で佐奈を見返す。

ふたりは何も言わない。

「まあ、ざっとこんな様子だったのではないかと思います」

話し終えた甚五郎は額の汗をぬぐった。

千沙が不満げに、

「それでは何が起きたのか、わからないではありませんか」

とロをとがらせて言った。

甚五郎はむっとした顔になった。

「だから、本人に訊かねばわからない、と言ったはずだ。いまさら苦情を言われても困る」

亮がにやにやしながら口を挟んだ。

「いや、いまの話だけでもかなりのことがわかりました」

菜摘が亮に顔を向けた。

「では、佐奈様への疑いは濡れ衣であることがわかったのですか」

亮は頭を横に振った。

「そうは言っていない。加倉様は毒を盛られて殺されたそうだが、だとすると考えられるのは三つのことだ」

甚五郎が目を鋭くした。

「三つのこととは何ですか」

「まず、第一に考えられるのは、加倉様は剣の技ではかなわない平野様を殺《あや》めるために毒を用意して、平野様がふたたび訪れるのを待った。そして平野様に毒を飲ませようとしたが、見破られ、強制されて逆に毒を飲まされてしまった。もう一つは、加倉様は追い詰められてもはや逃れられないと思って毒を飲み、自害をして果てられた」

亮の言葉を聞いて、甚五郎は激しく首を横に振った。

「そのふたつは考えられませんな。平野次郎は、毒を飲ませようとした相手に毒を飲ませるような陰湿なことをする男ではありません。もし、見破ったならば、すぐに斬り捨てたでしょう。そして加倉啓殿は保身に執着する人物だったと思われます。そんなひとは毒を飲んで自害などいたしません」

亮は、少し考えてから言った。

「だとすると、残るのは、加倉様が平野様に毒を飲ませようとしているのを知った佐奈様が、加倉様に毒を盛ったということです」

千沙が顔をひきつらせて甲高い声で言った。

「違います。姉上はそんなことができるひとではありません」

亮は冷徹な目を千沙に向けた。

「そうです。普段の佐奈様なら、そんなことはできないでしょう。しかし、佐奈様が身籠《みごも》っていたとしたらどうです」

千沙は恐ろしげに亮を見た。

「まさか、姉上が不義の子を身籠っていたというのですか」

甚五郎がごほんと咳払いした。

「ほう、それは面白いですな。佐奈が平野次郎の子を身籠っていたとすれば、生まれてくるわが子の父親を守るために加倉殿に毒を盛ったことになりますな。女心ならばありそうなことです」

菜摘が甚五郎を見据えて口を開いた。

「そんなことはないと思います。女子はいのちを大切にいたすものです。まして、わが子を身籠っているならなおさらです。平野様を助けたければ毒を盛られていることを告げればいいだけではありませんか。何も加倉様を殺さなくともいいはずです」

誠之助が大きくうなずいた。

「まさにそうですな。刀で斬りかかられたのならともかく、毒を盛られたのなら飲まなければ助かります。相手を殺す必要はないですな」

亮は苦笑した。

「菜摘も誠之助さんもやはり善人だな」

菜摘はきっとなって亮を見つめた。

「わたくしの考えが甘いというのですか」

「甘いというのではないが、ひとは自分の中に悪がなければ、ひとの悪も見えないもののようだ」

亮は悲しげに言った。菜摘は膝を乗り出した。

「では、旦那様はご自分の中に悪があるから、ひとの悪がわかるのですか」

「わたしは医者だ。この世の悪はすべからく心得ていなければ、ひとの病を治すことはできないと思っている」

亮はため息をついて遠くを見る目になった。

　甚五郎がうって変わったひややかな声で言った。

「どうやら、佐久良殿はわたしにはわからなかったことがおわかりのようだ」

「田代様の話だけで推し量れば、加倉様が殺されるのはいま言った三つの場合しかありません。しかし、田代様は自分でもこれがまことなのかどうかはわからない、と言われた。たしかにその通りだと思います」

「では、わたしが知らないことがあると言われますか」

　甚五郎は静かに亮を見つめた。

「考えねばならないのは、平野次郎というひとの人柄です。男らしく曲がったことが嫌いで尊王の大義のために生きようとしている方のようです。そんなひとが、自分の子を宿し、しかも自分のために夫を殺した女人を見捨てるでしょうか」

「それは――」

　甚五郎は腕を組んで考え込んだ。

「おそらく平野次郎は何が起きているのか、いまも知らないのです。だからこそ佐奈様はひとりで何者かと戦っているのです」

　亮が言うと、みな押し黙った。

菜摘は牢で見た佐奈の横顔を思い出した。寂しげで悲しげで。しかし、どこか毅然としたところがあった。
佐奈の胸にあるのはいったい何なのだろう。

七

翌朝——
菜摘に長崎奉行所から呼び出しがかかった。
(なぜ、急な呼び出しがかかったのだろう)
不安な面持ちの菜摘に、使いの役人が、声をひそめて、
「お奉行様の奥方様が昨夜《ゆうべ》から突然の癪《しゃく》でお苦しみのようだ」
と告げた。
以前にも岡部長常の妻香乃が急な癪に苦しんだことはあった。ほっとした菜摘が、

それならば、と鍼の支度をしていると、亮がそばに寄ってきて、

「奥方様が治療を受けられるとき、お奉行の岡部様も一緒におられると聞いたが、本当なのか」

と訊いた。菜摘はうなずいた。

「はい、岡部様はおやさしい方で奥方様を案じておられますから」

菜摘が答えると、亮はあたりをうかがってから話した。

「それならば、都合がいい。佐奈様のことを願ってみてはどうだろうか」

「佐奈様のことを――」

菜摘はどきりとして亮を見つめた。

「そうだ。昨日、田代様と話してわかったのは、すべてを知るのは佐奈様だけだ、ということだ。だが、囚われの身の佐奈様から話を聞くことはできない。だとすると、佐奈様を奉行所の牢から移すほかないだろう。佐奈様の体が弱っているのは事実なのだから、このままでは命が危ないゆえ、治療のできるところへ移したいと願えば、通らない話ではなかろう」

亮は目を光らせて言った。

「それは、例のあることだとは思いますが、奉行所が許すのは、よほど引き受け先がしっかりしている場合だけです。わたくしが預かりたいと言っても、とても無理なことだと思います」

頭を振って菜摘は答えた。

「だから、ポンペ先生の講義が行われている長崎奉行所の西役所がよいのではないかと思う。あそこならば長崎奉行所の中だとも言えるから、お奉行の許しも出るのではないだろうか」

「ポンペ先生の医学校ですか。あんなところに佐奈様が行って、誰が面倒を見るのでしょう。男のひとばかりではありませんか」

できることではない、としか菜摘には思えなかった。だが、この日の亮はいつになく粘り強かった。

「そこで、いね様に来ていただくのだ」

「いね様に――」

菜摘は目を瞠った。亮は深々とうなずいた。

「いね様は先日も佐奈様を診ている。病状に詳しいのだから、引き受けていただい

ても不自然ではないだろう。いね様はポンペ先生の講義を聴きに西役所に通ってお
られるのだから、都合がいいと思う」

「それでも、西役所に佐奈様を移す理由が思いつきません」

眉をひそめて菜摘はため息をついた。

「それなんだが――」

困った顔をして亮は口を開いた。

「いね様が先日、ポンペ先生に、今後、〈腑分け〉をするときには自分も加えて欲
しいと願ったのを覚えているだろう」

覚えています、と言いかけた菜摘は不意に手で口を押さえた。

「まさか、そんな――」

「その、まさか、なんだ」

申し訳なさそうに亮は言った。菜摘が青ざめた顔で口をつぐむと、亮はしかたな
く話を続けた。

「実は此度、松本様が、西洋医学の伝習のために罪人が死亡した場合は〈腑分け〉

をさせて欲しいと長崎奉行所に願い出られた。だから、西役所の医学伝習所で罪人

を預かる名分はあるのだ」

菜摘は信じられない、という目で亮を見つめた。

「それでは佐奈様を〈腑分け〉にするために預かるとおっしゃるのですか」

亮はあわてて弁明した。

「無論、そんなつもりはない。佐奈様には元気になってもらい、濡れ衣も晴らしてもらいたいと思っている。だが、いま、佐奈様を長崎奉行所から出して預かることができるのは、西洋医学伝習所だけだ、ということだ」

「そうかもしれませんが、もし、佐奈様が亡くなられたら〈腑分け〉されるのではありませんか」

菜摘は目に涙をためて亮を見つめた。

西洋医学を学ぶために長崎に来てから亮はどこか変わったように思える。非情とまでは言わないが、ひとの情に囚われず、医学を優先させるところがあるようだ。

菜摘は、亮にそんなひとにはなって欲しくなかった。博多に一緒に戻ってもらったほうがいいのではないだろうか。

そんなことを菜摘が思っているのがわかるのか、亮は懸命に言った。

「不吉なことを言うようで、気持はよくないかもしれないが、これ以外に佐奈様を救う方法はないと思う。西役所に連れ出して佐奈様の話を聞けば濡れ衣を晴らす方策はきっと見つかるはずだ」

菜摘は目を閉じて考えた。

亮の言うことを信じるしかないことはわかっていた。だが、亮の考えに従って佐奈を西役所に移したことが、悲惨な結末につながったとしたら、千沙は決して自分たちを許さないだろう。

そう思うと辛かったが、ほかに方策がないのは、亮の言う通りだった。

菜摘は吐息をついて言葉を発した。

「わかりました。できるかどうかはわかりませんが、お奉行様に佐奈様のことを願ってみます」

菜摘が言うと、亮は安堵したように、何度もうなずいた。

菜摘は誠之助を供にして、奉行所へと向かった。

道すがら、佐奈を西役所に移そうという亮の考えを伝えた。すると、誠之助は大きく頭を縦に振った。

「それは、名案ではありませんか。何よりもいいのは、西役所に佐奈様を移せば、田代甚五郎様は手が出せないということです。なにしろ幕府の役所なのですから、外様《とざま》藩の横目付では手も足も出ないでしょう」

誠之助の言葉で、亮はそんなところまで考えていたのか、と気づかされた。

やはり、佐奈を移す安全な場所は西役所しかないのだ。それなのに、

――〈腑分け〉

という言葉に怖気《おじけ》づいてしまった。

亮が佐奈を〈腑分け〉したいと思うわけがない、と菜摘は自分に言い聞かせた。

長崎奉行所の門をくぐるときには、迷いは消えていた。

岡部長常の屋敷に入ると家士が香乃の部屋まで案内した。部屋に入ると、病床に香乃が横たわり、そばに娘の佐代が付き添っていたが、長常の姿はなかった。

奉行としての職務が忙しくて、今日は香乃のそばにいることができないのかもしれない。そう思うと、少し、ほっとした。

菜摘は佐代から香乃の容態を聞いて、すぐに鍼の施術に取りかかった。これまで

にも何度か香乃に鍼を打ってきているだけに、体の様子などはわかっている。苦しげな香乃の背にゆっくりと鍼を打った。黙って鍼を打ち続けていると、香乃の体から痛みが消えていくのが、感じ取れた。

「いかがでございますか」

菜摘が声をかけると、香乃は横たわったまま、

「よほどよくなりました。先ほどまでの痛みが嘘のようです」

と明るい声で答えた。

「それはようございました」

なおも菜摘が鍼を打っていると、

「どうだな、癪の具合は」

と言いながら、羽織袴姿の長常が部屋に入ってきた。菜摘があわてて手をつかえると、長常は、そのまま、そのまま、と言いながら手で制した。

菜摘は頭を下げてから、ふたたび鍼を打ち始めた。やがて、香乃は感に堪えたように、

「もはや、大丈夫でございます」

と言った。

香乃の声は眠たげだった。

菜摘は鍼の道具を手早くまとめると、誠之助に渡してから、また長常に頭を下げた。

「奥方様は痛みが去られたご様子でございます。しばらくお休みになられたほうがよいかと存じます」

菜摘の言葉を聞いて、長常はにこりと笑った。

「さようか。ご苦労であった。別室にて、茶など進ぜよう」

長常は佐代に向かって、先生に茶を出しなさい、と言いつけて立ち上がった。佐代は香乃が回復したのを見て、嬉しげに、

「わかりましてございます」

と答えた。長常は縁側沿いの別の部屋に菜摘を誘った。菜摘は部屋に入り、長常と向かい合って座った。待たせることなく、佐代が女中とともに、ふたりのための茶を持ってきた。長常は茶を喫しつつ、

「佐久良殿にはいつも世話をかける。何か礼をしたいと思っているのだが、これと

いったことを思いつかぬ。佐久良殿には、何か欲しいものはおありか」

と言った。

思いがけず、長常のほうから言われて、菜摘は戸惑った。佐奈を西役所に移して欲しいと言わねばと思ったが、話の切り出し方が難しかった。

「特に欲しいものはございませんが。奉行所の女牢に気になる病人がおります」

「ほう、女囚の中に重い病の者がいるのか」

長常は関心を抱いたように訊いた。

「はい、先日、わたくしが診療に参れなかったおり、いね様が診てくださった病人でございます。よほどに悪いのではないかと思います。できたら、どこかに移したほうがよいのではありますまいか。さもないと亡くなるのではないかと思います」

菜摘は緊張しながらも、できるだけ落ち着いた声で話した。

「その者は何という名ですかな」

長常はじっと菜摘を見つめた。

「牢では早苗と名のっていると聞きました」

勢い込んで菜摘が言うと、長常は微笑んだ。

「牢では、と言われるところをみると、佐久良殿は、その女囚のまことの名を知っておいでなのですかな」

いきなり、長常に問われて菜摘はうろたえた。

「いえ、牢では誰も本名を名のらないと聞いたことがあるものですから」

しどろもどろで答えると長常は深々とうなずいた。

「なるほど、筋が通っていますな」

はい、と答えて菜摘は目を伏せた。

長常はにこやかに言葉を継いだ。

「それで、早苗なる女囚をどこへ移したほうがよいと言われるのですかな」

菜摘は唇を湿らせた。

「西役所の西洋医学伝習所はいかがでしょうか。あそこならば、いま、いね様も通っておいでで、病人の面倒を見ていただけるかと存じます」

「なるほど西洋医学伝習所か」

長常はつぶやいてから、さりげなく言い添えた。

「そこへ筑前尊攘派の平野次郎国臣を誘い込もうということですかな」

菜摘は息を呑んだ。

長常がなぜ、平野次郎のことを知っているのだろう、と驚いた菜摘はあまりのことに言葉を失った。

長常は穏やかな笑みを浮かべた。

「これは驚かせてしまったかな。佐久良殿はどうやら、嘘がつけぬおひとのようだ」

菜摘は声を詰まらせながら言った。

「お奉行様は佐奈様のことをご存じだったのでございますか」

「ほう、あの女囚のまことの名は、さな、というのですかな」

長常に訊かれて、菜摘は口を押さえた。長常は、ははは、と笑った。

「この長崎で起きていることは、すべてわたしの耳に入ることになっておる。福岡藩の横目付が、牢屋の女囚に会わせろとしきりに言ってくるというので、福岡にひとを遣って調べさせた。すると、どうやら福岡藩を脱藩した筑前尊攘派の平野と関わりがあるらしいことがわかったのだ」

「そうだったのでございますか」

菜摘はようやく言葉を発した。長常はうなずいて言葉を継いだ。

「福岡で何があったのか詳しいことまではわからなかったが、横目付が尊攘派の行方を追っていることは明らかだった。しかも、その横目付は佐久良殿の家に同居しておるらしい。だとすると、佐久良殿を通じて、何か言ってくるのではないかと思い、誘い水をかけてみたというわけだ」

淡々と話す長常の顔を見つめた菜摘は思い切った様子で手をつかえた。

「すべてをお話しいたしますゆえ、お助け願いとうございます」

「さて、どうしたものか。筑前尊攘派の平野国臣の行方は幕府も追っている。わたしの裁量だけでどうなるものでもない」

長常はため息をついた。


平野次郎は脱藩すると、いったん京に出たらしい。

京では、梅田《うめだ》雲浜《うんぴん》ら名だたる勤王家を訪ねて、激論を述べた。この時期、次郎が勤王家たちに主張してまわったのは、

——培覆論《ばいぷくろん》

と言われるもので、幕末において、最も早い討幕論だった。〈培覆〉とは、皇国の基を培い、幕府を転覆させることだという。

朝廷と幕府が協力して外敵にあたるべきであると主張する、〈公武合体論〉に対して、次郎は、

――幕府をいかに扶《たす》け候とも、徒骨折《ただほねおり》にて、とてもかくても行れ間敷《まじく》

と論じたのだ。

次郎はこの考えをさらに広めようと京を出て福岡に戻ろうとした。

ところが、次郎が京を離れた直後から、梅田雲浜らが捕われる〈安政の大獄〉が始まった。

次郎は福岡に入ろうとしたが、脱藩の身だけに難しく、しかたなく九州を遊説してまわった。

このころ、京では〈安政の大獄〉により、幕吏の追及を受けることになった勤王僧の月照《げっしょう》を薩摩の西郷吉之助が九州まで落ち延びさせ、薩摩藩で匿おうとしていた。

西郷は下関まで月照をともなったが、先に薩摩に入って月照を受け入れる工作をしなければならなかった。このため同志の北条右門たちに月照を託した。右門は月照をともない、筑前に入ったが、幕吏の手がすでにまわっていた。

どうしたものかと迷ううちに、右門はかねてから親交があった次郎とめぐりあった。右門が月照を薩摩に送り届けることを頼むと次郎は快諾した。

さっそく山伏の姿に変装した次郎は、月照とともに筑後川を下り、有明海に出て、海路、薩摩に向かうという計画を立てた。ところが、おりから暴風雪となり、なかなか出発ができなかった。

ようやく、船に乗ったものの、なおも雪と風は激しく、次郎と月照の消息は島原から福浦港に入ったあたりでわからなくなったという。

八

「その後の平野次郎の行方はわかっておらぬ。あるいは、天草から長崎にまわったかもしれぬということで、わたしにも手配が来たのだ」

長常の話を聞いている間に菜摘は心が落ち着くのを感じた。

次郎がどのような人物なのかはわからないが、信じることのために真っ直ぐに生きていることだけは確かなようだ。

だとすると、佐奈も同じように自分の信じる道を歩んでいるのではないだろうか。佐奈を奉行所から連れ出して、話を聞けば、必ず真実が明らかになるに違いない、と菜摘は思った。

菜摘は膝をにじらせて長常に訴えた。

「平野様がどのようなことをされている方なのか、わたくしにはわかりません。ただ、いま、罪を犯したとして牢にいる佐奈様は、わたくしが親しくしている方の姉上なのでございます。決して非道なことをする方だとは思えません。何とか無実を晴らして差し上げたいと考えております」

少し考えてから長常は口を開いた。

「佐久良殿のお気持はわからんではないが、牢から罪人を出して何かあれば、わたしは腹を切らねばならぬ。よほどの理由がなければできぬことだぞ」

菜摘はうなずいた。もはや、亮が言っていたことを口にするしか佐奈を救う道はない、と思った。

「それでしたら、西洋医学伝習所の松本良順様より、罪人を〈腑分け〉することのお許しを得たいとの願いが出ているのではございませんか」

「いかにもそうだが、それがどうしたと――」

長常は言いかけて膝をぴしゃりと叩いた。

「そうか、死人のつもりで牢から出せというのか」

「さようでございます」

手をつかえた菜摘は頭を深々と下げた。

うーむ、となって考え込んでいた長常は思い切った様子で、

「わかった。佐久良殿の願いを聞き届けてつかわそう」

と告げた。

顔を上げて、まことにありがたく存じます、と言う菜摘におっかぶせるように長常は言った。

「だが、西役所に移した、さなと申す女のもとに平野次郎が現われたならば、ただちに捕えるゆえ、そのことは覚悟しておくがよい」

　長常の言葉がつめたく響いた。


　菜摘は誠之助とともに家に帰ると、千沙に佐奈を西役所の西洋医学伝習所に移す話をした。

　この日、亮はすでに西役所に行っており、甚五郎も朝から出かけていた。

　千沙は、罪人の〈腑分け〉が大義名分になっていると聞くと顔を曇らせた。それでも、すぐに、

「まずは姉上をお助けすることを先に考えなければ」

と自分に言い聞かせるように言った。

　誠之助は感心したのか、

「千沙殿もおとなになられた」

とつぶやいた。いつもなら、誠之助につっかかる千沙だが、この日は何も言わない。菜摘に顔を向けて、

「でも、いね様は姉上を引き受けてくださるでしょうか」

と言った。

「そうですね。明日にでも訪ねてお願いいたさねばならないと思います」

菜摘が言うと千沙は頭を縦に振った。

「わたしもいね様のもとにお連れください。わたしからもお願いせねばならないと思います」

誠之助が身じろぎして口を挟んだ。

「それなら、わたしも一緒に行きましょう」

千沙は誠之助につめたい目を向けた。

「誠之助様は行かずともよいかと思います」

誠之助はむっとした。

「なぜ、わたしは行かなくともいいのだ」

「いね様が嫌がられると思います」

誠之助は首をかしげた。

「なぜ、わたしが行くといね様が嫌がられるのですか」

「わかりませんか。いね様は威張っている殿方が嫌いだと思います。誠之助様はおとなぶっているから、きっと嫌われます」

千沙はつんとして言った。どうやら、さっきの、おとなになった、という言い方が気に入らずに意趣返しをしているようだ。

誠之助は、ああ、とうなずいてから、

「なるほど、先ほどの言葉はわたしの失言でした。千沙殿は、まだまだおとなではありませんな」

と言ってのけた。千沙はちらりと誠之助を見ただけで、何も言わず、急にうなだれた。その様子を見て、誠之助はあわてた。

「また、言いすぎましたか」

千沙の顔を覗き込もうとする誠之助に向かって菜摘が言った。

「誠之助、おとなでないのはあなたのほうです。千沙さんにからかわれているのが、わからないのですか」

誠之助が呆然となると、千沙がくっくっと楽しげに笑った。

ようやく元気が出てきたようだ。

いねの家は丸山遊郭の近くにあった。

菜摘が誠之助、千沙とともに訪ねると、いねは快く迎えてくれた。菜摘が佐奈を西洋医学伝習所に引き取りたい、そのためには佐奈の面倒をいねに見てもらわねばならない、お願いできるだろうか、と話した。

いねは首をかしげて聞いていたが、菜摘が話し終えると、

「わたくしでいいのですか」

と単刀直入に訊いた。菜摘は大きくうなずいた。

「いね様のお力を借りねばできないことだと思っております」

「そう言っていただくのは嬉しいのですが、攘夷流行《ばや》りのご時世ですから、外国の血を引くわたくしを憎む者もいます。わたくしと関わったために迷惑がかかるようなことがなければよいのですが」

いねは案じるように言った。

誠之助は首をひねって、訊いた。

「何かそんなことがあったのですか」

いねは苦笑した。

「わたくしへの嫌がらせは昔からあるのですが、近ごろ、わたくしが〈腑分け〉をしようとしているという噂が伝わったのか、石を投げられたりするようになってきました」

「そんなことが――」

菜摘は眉をひそめた。

「それで、この二、三日は怪しい男が家のまわりをうろついているのです」

「どのように怪しいのですか」

興味を持って菜摘は訊いた。

「山伏なのです。山伏と言えば、法螺貝《ほらがい》を吹くものだと思っていましたが、その山伏は横笛を吹くのです。そしてわたくしの家のまわりをぐるぐるまわるのです。あまりにしつこいので、一度、出ていったら、わたくしの顔を見て、ひどく驚いていました」

いねはあっけらかんとした口調で言った。そのとき、どこかから笛の音が聞こえてきた。

のびやかで素朴な笛の音だった。

「また、来ましたね」

いねがさりげなく言うと、誠之助が立ち上がった。

「わたしが追い払ってやります」

菜摘は何となく不安になって、

「相手は乱暴者かもしれません。気をつけてください」

と注意した。大丈夫です、と自信ありげに言って、誠之助は出ていった。

間もなく表のほうから、ひとが怒鳴る声とずしんという大きな地響きが聞こえてきた。

「何かあったのでしょうか」

菜摘が慌てて表へ向かうと千沙といねも続いた。玄関に出てみると、外にひとが立っている。

格子戸を開けると、誠之助が仰向けに倒れているのがわかった。

「誠之助様――」

千沙が誠之助に駆け寄った。

「すまんな。その男が突然、なぐりかかってきたとたい」

山伏が気まずげに言った。

菜摘はまじまじと山伏を見つめた。

日焼けした精悍《せいかん》な顔だが、少年っぽい表情をしている。

「福岡のお方でしょうか」

菜摘はためしに訊いてみた。山伏はにこりとした。

「いかにも、そぎゃんたい」

目が明るく、笑っていた。

菜摘は惹《ひ》きつけられるものを感じながら、

「もしや平野次郎様でしょうか」

山伏には隠し事をするつもりがないのか、明朗な大声を発した。

「その通り、平野次郎国臣である」

平野次郎は凜々《りんりん》と言ってのけた。この男が佐奈に災厄をもたらしたのだろうか。

菜摘はじっと次郎の顔を見つめた。

次郎の頭上に青空が広がっている。

九

「そげなことはなかばい。わたしと佐奈様の間には何もなかたい」

いねの家に上がった平野次郎は目を丸くして言った。まわりに菜摘と誠之助、千沙、そしていねも座っている。

夫である加倉啓が毒殺され、出奔した佐奈が今は長崎奉行所の牢屋にいるという話に口をぽかんと開けて、

「何ということだ」

と絶句した。さらに、藩の横目付である田代甚五郎も佐奈を追って長崎に来ており、次郎を捕えるため網を張っていると告げると、

「ほう、ご苦労なことたい」

と笑うだけで歯牙《しが》にもかけない様子だった。だが、藩では佐奈が次郎と通じて駆

け落ちするため福岡を出たとみているという話になると、激しく頭を振り、そのようなことはないと言い切った。

千沙が確かめるように訊いた。

「まことでございますか」

「まことじゃ。わたしは嘘と坊主の髷はゆわんたい」

次郎はからりと笑った。

その様子はいかにも爽快《そうかい》で隠し事をしているようには見えない。

「しかし、佐奈様は平野様を追って長崎に向かわれた、と福岡藩の横目付は言っておりました」

菜摘が考えながら言うと、次郎は首をかしげた。

「それはおかしか。国を出たわたしが目指したのは京じゃ。長崎にはたまたま立ち寄ったが、もともと来るつもりなどなかった」

誠之助がうむ、とうなずいて、

「姉上、ひょっとしたら、佐奈様の一件は、平野様を捕まえるための罠《わな》なのではありますまいか」

と言った。

「罠とはどういうことですか」

菜摘は眉をひそめた。誠之助は勢い込んで言った。

「藩では尊攘派の動きをかねてから探っていて、何としても平野様を捕まえたいのではないでしょうか。それで、佐奈様が出奔されると、あたかも平野様と密通して駆け落ちしたかのような噂を流し、平野様をおびき寄せようとしたのではないでしょうか」

次郎は驚いた顔になった。

「まさか、信じられんたい、そげなこつは」

誠之助は次郎に顔を向けた。

「いえ、平野様は、ひとの難儀を知れば見過ごしにできぬお人柄と見受けました。もし、佐奈様が平野様と不義を働いたと濡れ衣を着せられて捕えられたと聞いたら、どうなさいますか」

次郎は苦笑した。

「そりゃ、助けんわけにはいかんたい」

誠之助はうなずいた。

「さような方だと思いました。だからこそ、横目付の田代甚五郎様は、佐奈様を追いかけることで平野様をおびき寄せようと思っているのでしょう」

次郎は蓬髪《ほうはつ》の頭をかいた。

「困ったたい。わたしは月照様という京のお坊様を薩摩に送り届ける途中ですたい。長崎から薩摩までの船の便を探そうと思って来たとたい。佐奈様をお助けする暇があるじゃろうか」

菜摘がしばらく考えてから口を開いた。

「わたくしたちは、佐奈様を長崎奉行所の牢屋から西役所に移したいと考えています。西役所には西洋医学伝習所がありますから、佐奈様の介抱ができると思いますので」

菜摘の介抱という言葉を聞いて、次郎は眉をひそめた。

「佐奈様はどこかお悪かとですか」

菜摘は困ったように口ごもったが、意を決して、

「佐奈様は身籠っておられるのではないかと思います」

と言った。次郎は一瞬、目を光らせたが、すぐに穏やかな顔つきに戻って、

「そりゃ、おおごとたい」

とつぶやいた。

千沙が眦《まなじり》を決して、

「平野様は姉上と男女の仲ではないとのことでございますが、それでも姉上を助けてくださいますか」

と訊いた。

「男女の仲でなかろうとも、ひととしての縁はありますたい。難儀な目に遭《お》うているひとば見捨てたらいかんたい」

次郎はあっさりと言ってのけた。すると、それまで黙っていたいねが口を開いた。

「平野様は尊王攘夷の志士なのでございましょうか」

次郎は深々とうなずいた。

「そうでありたかです」

いねは微笑んで訊いた。

「ならば、西役所の西洋医学伝習所でオランダ人医師のポンペ様を斬りたいと思わ

れているのではございませんか」

　次郎はにこりとした。

「わたしは異国の暴威を憎んでおりますが、異国のひとびとを憎んではおりません。攘夷とは、おのれの欲のため、ひとを力で従わせる、獣の所業をなす者を討つことですたい」

　次郎の言葉を聞いても、いねはうなずかず、なおも訊いた。

「では、わたくしの家のまわりを探っておられたのはなぜなのでしょうか。オランダ人の血を引くわたくしを尊王攘夷の血祭にあげるつもりだったのではありませんか」

　次郎は両手を顔の前で振った。

「決して、さようなことではなかですたい。わたしはただ異国の血を引くおいね様の評判があまりに高いので、一度、尊顔を拝したいと思っただけですたい」

　言い終えた次郎は手拭《てぬぐい》を懐から取り出して額の汗を拭《ふ》いた。その様を見つめたいねは、

「平野様はまことに偽りを申されぬ方のようでございますなあ」

と嘆声を発した。

「偽りを口にすれば、ひとの信を得られず、信を得られねば、この世で何事もなしえんですたい」

次郎は照れ臭そうに言った。いねが次郎の人柄に得心がいったらしい様子を見て、菜摘は、

「平野様はまことに清廉潔白なお人柄とお見受けいたしましたが、だからこそ、佐奈様は平野様をお慕いする気持を持たれたのではないか、という気もいたします」

「さて、さように申されましても――」

次郎は当惑して考え込んだが、やがて観念したかのように顔を赤くして、

「実はわたしには想う女人がおりますたい」

とあっさり打ち明けた。

「好きな女人がおられるのですか」

感銘を受けたように誠之助が大声を出した。千沙も呆然として言った。

「女子を好きだとはっきり言う男の方を初めて見ました」

次郎は悪びれずに答える。

「わたしは国事に奔走するため、妻子を離縁いたしました。それなのに、女人への想いが湧いてくるのは恥ずかしか。ばってん、わたしはおのれの直ぐな心を大切にすっとが、こん国のよかとこじゃと思うとですよ」

　そして、次郎は首をかしげて少し考えてから口を開いた。

「佐奈様がなぜさようなことになったか、とんとわからんばってん、放ってはおけまっせんたい。さすがに長崎奉行所は難しかばってん、もし、佐奈様がひとの出入りがある西役所とかいうところに移られたなら、わたしが会《お》うてわけば訊きましょう。わたしにならば、佐奈様はきっと話してくれますたい」

　菜摘は目を瞠った。

　福岡藩や幕府のお尋ね者である次郎が、佐奈のために西役所に忍び込む危険を冒してくれるというのだ。

「ですが、長崎奉行の岡部様は、もし平野様が姿を見せたらきっと捕えるとおっしゃっていました。あまりにも危のうございます」

　菜摘が案じて言うと、次郎は朗らかに笑った。

「わたしは危なかことなら、山のごと背負っておりますたい。いまさら、ひとつやふたつ背負ったところで、何も変わらんたい」

菜摘はため息をついた。次郎ほどの男にこれほど想われるのは、どのような女なのかと思った。

平野次郎国臣が想いを寄せる女人は、久留米の神官真木和泉守保臣《まきいずみのかみやすおみ》の娘、お棹《さお》である。

真木和泉は尊攘派として知られていた。久留米藩に、朝廷に心をつくすべしという建白書を提出し、藩政刷新を図ろうとしたが、保守派により糾弾されて罪を得、蟄居を命じられた。

だが、蟄居中にもかかわらず、天皇が勤王の諸大名を率いて東征の途につき、将軍徳川家茂を江戸城から放逐するという内容の、

——大夢記
を書くなど、尊王の志は衰えていなかった。

次郎は和泉をひそかに蟄居先に見舞ったおりに、お棹と出会った。お棹は、

——敏慧《びんけい》にして才思《さいし》あり

と言われ、父親譲りで素養が豊かだった。歌才がある次郎はお棹のことを思い、

一日《ひとひ》だに妹《いも》を恋ふれば千歳川
　つひの逢瀬を待つぞ久しき

との和歌を贈った。千歳川とは筑後平野を流れる大河、筑後川のことである。お棹もまた、国事に奔走し、世の中を変えようとする次郎に和歌を贈っている。

梓弓《あずさゆみ》春は来にけりますらをの
　花のさかりと世はなりにけり

身命を賭《と》して勤王の大義のために戦おうとする次郎と、その志を支えたいと願うお棹の心の交流は深いものがあった。

次郎は数年後、福岡の牢屋に投じられることになる。

獄中の次郎は、牢獄内への紙と筆の持ち込みを禁じられていたため、支給される

ちり紙を使って紙縒《こよ》りを作り、これを折り曲げて文字の形にした。この紙縒り文字を飯粒でちり紙に貼り付けて文書を書いた。これが後に有名になる、

——平野国臣紙《し》撚《ねん》文書《もんじょ》

である。

次郎が紙縒りで作った文書の中にはお棹への恋歌もあった。

このとき、次郎はいったん出獄するが、後に藩の命により、京に上る。そして生《いく》野《の》義挙を企てるが失敗し、京の六角獄舎に投じられる。さらに〈禁門の変〉が起きると獄舎内で新撰組により処刑された。享年三十七。

獄中にいたとき、差し入れられた姫百合の花を見て、

名にめでていと懐かしく見ゆるかな
　やさしく咲ける姫百合の花

と和歌を詠んだ。あるいは、姫百合とはお棹のことだったのかもしれない。

十

この日、菜摘は家に帰ってから亮に平野次郎のことを話した。亮は面白がって聞いていたが、菜摘が話し終えるとあごをなでながら、

「しかし、これは大変だな。ポンペ先生や西洋医学伝習所まで巻き込まれる騒動になるかもしれないい」

とつぶやいた。

「ポンペ先生には関わりのないことだと思いますが」

菜摘が首をかしげると、亮は首を振った。

「いや、どうやら西洋には、学問をする場所に役人が介入することを喜ばない風習があるらしい。佐奈様が西役所に入って治療を受ければ、ポンペ先生は自分の患者とみなされるだろう。その患者に会いに来た者を役人が西役所内で捕えようとすれ

ば、ポンペ先生はお怒りになる。そうなると、血の気の多い松本良順様が黙ってはいない。ひと騒動になるのは間違いないだろうな。それに――」

亮は言いかけてから、天井に顔を向けた。二階には田代甚五郎がいる部屋がある。

「田代様がどうかしたのですか」

「いないのだ」

「いない？」

菜摘は目を丸くした。亮は重々しくうなずいた。

「そうだ、わたしが帰ったときにはいなかったから、おそらく昼過ぎには出て、まだ帰っていないようだ」

「どこへ行かれたのでしょうか」

不安げに菜摘が言うと、亮は頭に手をやって答えた。

「おそらく、菜摘たちを追いかけて動きを探っていたのではないだろうか」

言われて、菜摘ははっとした。

佐奈を西役所に移せないか、と考えてから、そのことだけに没頭して甚五郎のことに気がまわらなかった。

考えてみれば、甚五郎が長崎に来たのは、次郎を捕えるためである。菜摘たちの動きに常に目を配っていたはずだ。

もし、西役所に移された佐奈のもとに次郎が現われると知れば、甚五郎は必ず動くだろう。

「困りました。佐奈様の命を助けようと西役所に移すつもりでしたが、それで平野様が捕まってしまえば何にもなりません」

菜摘は困惑した。そんな菜摘を慰めるように亮は言った。

「しかし、平野様が佐奈様に会えば、いったい何が佐奈様の身に起きたかがわかるだろう。危ない橋だけれど、渡らなければ、佐奈様への濡れ衣は晴らすことはできないのだ」

亮が濡れ衣という言葉をはっきり口にするのを聞いて、菜摘は目を輝かせた。

「では、あなたも佐奈様は無実だと思われるのですか」

「正直、平野様がどのような方かわかるまでは、ひょっとして何かがあったのではないかと思っていた。だが、菜摘が会った平野様はそのような方ではなかったようだ。だとすると、この一件の裏には何かがあると思う」

亮は力強く言った。

「もし、そのことが明らかになれば、佐奈様は救われるかもしれませんね」

菜摘が言うと、亮はうなずいた。

「そう思うが、しかし、それで佐奈様がどれだけ救われるかはわからないという気がするよ」

どこか翳りを帯びた亮の言葉に菜摘ははっとした。

「どういうことでしょうか」

「佐奈様がもし平野様のことを想っていたとしたら、どういうことになるだろうか。平野様には、その想いは届いていないのではないかと思う」

厳しい表情で亮は言った。

「そうでしょうね」

次郎の話を聞いてしまえば、そう思うしかない、と菜摘は思った。だが、佐奈がどのような思いで出奔したのかはわからないが、どこかに次郎への想いがあったのではないか、という気がする。

次郎が気づかぬまま、佐奈の胸の裡《うち》で想いが深くなっていたとしたら、あまりにも哀れだ、と菜摘は思った。

夫が不慮の死を遂げ、身籠ったまま国を出て、長崎奉行所の牢に囚われた佐奈の胸にあったのは何なのだろう。

菜摘はそれが何なのか、知るのが恐いような気がした。


三日後――

佐奈は長崎奉行所の牢から西役所に移されることになった。

奉行所の特別の計らいによって佐奈は駕籠《かご》に乗せられた。佐奈を乗せた駕籠は坂道の多い長崎の町を上り下りして西役所へと着いた。

西役所ではポンぺと松本良順、いねに西洋医学伝習所の門人たちが並んで待ち受けた。

菜摘と亮、誠之助、千沙も門人たちの後ろに控えて佐奈の到着を待っていた。

駕籠が着くと、ポンぺが真っ先に近づいた。

駕籠のそばにいた役人がやわらかな手つきでポンぺを制した。その役人の顔を見たとき、菜摘は思わず、あっ、と声を出した。

役人は田代甚五郎だった。

なぜ、福岡藩の横目付である甚五郎が長崎奉行所の役人のような顔をして駕籠のそばに立っているのか。

菜摘が袖を引くと、亮は、

「長崎奉行所の役人は平野様の顔を知らないはずだ。そこに目をつけて田代様が売り込んだのだろうな」

と感心したようにつぶやいた。

「どうしても平野様を捕えるつもりなのですね」

菜摘がうんざりしたようにつぶやいて見ていると、ポンペは何事か激しい口調で甚五郎に言った。

亮がポンペの言っていることを菜摘に伝える。

「病人を早く駕籠から下ろして休ませなさい、とポンペ先生は言っておられる。だが、田代様は引き渡しの手続きのほうが先だ、と役人らしく融通の利かないことを言っているようだな」

ポンペと甚五郎がなおももめていると、良順がつかつかと駕籠に近づき、たれを

はねあげて手を差し伸べ、

「とりあえず、出てもらおうか。わしらはまだ講義が残っているから、ポンペ先生の時間を無駄に使われるのは迷惑なのでな」

と言った。すると駕籠の中から白い手が差し出された。その手を握った良順に支えられるようにして、佐奈が駕籠から出た。

まわりにいた男たちの間から、ほーっという嘆声がもれた。

牢屋で日に当たらなかったためか、佐奈は透き通るほど肌が白く、うりざね顔の目鼻立ちは絵師が細筆で描いたような繊細さだった。

佐奈は立ち上がるとまわりを落ち着いた様子で見回した。

「姉上――」

千沙が学生たちを押しのけて叫びながら、佐奈に駆け寄った。佐奈は一瞬、驚いた表情をしたが、すぐに千沙と抱き合い、泣き崩れた。

「こら、何をするか。離れよ」

甚五郎が佐奈と千沙を離そうとすると、良順が太い腕で甚五郎を背中から強引に抱き止めた。

「よいではないか。せっかくひさしぶりに姉と妹が対面したのだ。お目こぼしなされ」

良順が諭すように言っても、甚五郎は、

「ならぬ、ならぬ」

と言って、じたばたするばかりだった。その様子を見て、ポンペは良順に向かって、

「ソノ役人ヲ放シナサイ。彼ノ言ウコトハ間違ッテハイマセン。彼女ハワタシノ患者デアルマエニ罪人ナノデスカラ」

良順はうなずいて、

「承知いたしました」

と言うと、突き放すようにして甚五郎を放した。

そのはずみで甚五郎はつんのめりそうになったが、かろうじて踏みとどまると、振り向いて、襟元をととのえ、

「おわかりいただけるとありがたいですな」

と言って素早くあたりを見まわした。ポンペの門人に交じって次郎がいないかと疑う様子だった。

　亮が甚五郎の前に立ちふさがり、

「あなたは福岡藩の横目付ではありませんか。なぜ、このようなところにおられるのですか」

　と訊いた。甚五郎は鼻で嗤《わら》った。

「福岡藩は長崎警備の役を幕府より仰せつかっておる。長崎奉行所の役に立つのもご奉公になることだ」

「ほう、福岡藩は長崎奉行所の手先でもあるということですか」

　亮が皮肉めいた言い方をすると、甚五郎はむっとして、

「さようなことをお主に言われる筋合いはない」

　と言い返した。

　亮は一歩前に出て、

「早く、引き渡しの手続きをしていただきたい。わたしは、ポンペ先生から患者を病室に連れていくように言われているのですから」

　と素気なく言った。

　甚五郎は亮を睨んだが、何も言わず、西役所の建物の中に入っていった。その間

に亮は良順に目配せした。良順はうなずいて、西洋医学伝習所が入っている建物へと佐奈を連れていった。

亮は学生たちに、

「いまの役人が戻ってきたら、しばらく足止めをしてもらいたい」

と告げた。学生たちが、

「わかった」

「まかせておけ」

と口々に言うのを聞いて、亮は菜摘や千沙、誠之助をうながして良順の後を追った。良順が佐奈を連れていったのは、ポンペが講義室として使っている広間のさらに奥にある小部屋だった。

良順が佐奈を連れて入ると、亮たちも続いた。良順は天井を見上げると声を低めて、

「おい、連れて参ったぞ」

と言った。すると、天井でがさごそ音がしたかと思うと、隅の天井板がはずれて、男が顔を覗かせた。

平野次郎だった。

「平野様――」

佐奈が驚いて声をあげた。次郎は天井板の間から身を乗り出して、ふわりと身軽に飛び降りた。

「待っちょった。佐奈様、いったい何があったとですか」

次郎に訊かれて、佐奈は見る見る、目に涙をあふれさせた。

十一

「何があったか、話しんしゃい」

次郎は佐奈に近づいた。

佐奈はうなずいたが、顔色は青くなっていた。眩暈《めまい》がしたのか、足元がふらつき、それでも口を開こうとしたが、そのまま頽《くずお》れた。

「佐奈様――」

次郎が佐奈を抱き起こした。すると、良順がかたわらに膝をついて、佐奈の額に手をあてた。良順はちらりと菜摘を振り向いて、

「熱がある。牢を出て、ほっとしたのであろうな」

と言った。菜摘もそばに寄り、佐奈の額に手をあてた。はっとするほど熱かった。これでは、おなかの子に障《さわ》るのではないかと思った。

「佐奈様を休ませなくてはいけません」

菜摘は次郎に言った。次郎はうなずいて、

「わかった。佐奈様が横になれる部屋はあるか」

と言うと、軽々と佐奈を抱えて立ち上がった。

良順が奥の一室に案内して、近くにいた小者に、布団を用意してくれ、と声をかけた。やがて布団が敷かれると、次郎はゆっくりと佐奈を横たえた。

菜摘がまわりの男たちに向かって、

「わたくしが佐奈様を診ますから、その間、千沙さんを残してほかのひとは出ていてください」

と言った。

「わかった。そげんするたい」

即座に次郎が答えると、良順たちをうながして外へ出た。

菜摘は佐奈の脈を診た。不規則で時に途切れる。佐奈の懐をくつろげて、耳を押し当て胸の鼓動を聞いた。

顔を上げた菜摘に、千沙が、

「姉上は大丈夫でしょうか」

と訊いた。

菜摘は厳しい表情で答える。

「とても心ノ臓が弱っていらっしゃいます。安静にしなければおなかの子にも障るかもしれません」

菜摘は佐奈の下腹部から出血していないか、確かめた。さらに足にさわって、眉をひそめた。

「牢屋におられたからでしょう。浮腫《むくみ》が出ています。養生して持ち直すことができればよいのですが」

千沙は唇を嚙んだ。

「おやさしかった姉上が、どうしてこんな目に遭われるのか」

とつぶやいた。

菜摘は千沙に顔を向けた。

「わたくしは皆さんに佐奈様の容態について話してきます。千沙さんは佐奈様についていてあげてください」

千沙がうなずくと、菜摘は部屋を出た。廊下で待っていた次郎たちをうながして少し離れた部屋に入った。

菜摘を囲んで次郎と良順、亮、誠之助が座った。

声をひそめて菜摘は言った。

「佐奈様は心ノ臓を病んでおられます。安静にして養生しなければ命に関わります」

次郎が腕を組んで、

「それほどにお悪いのか」

と言って、ため息をついた。

「では、平野様が話を訊くのも難しいか」

亮が訊くと、菜摘はうなずいた。

「いまは、とても無理です。気が昂《たか》ぶれば、心ノ臓に悪いですから」

良順がごほんと咳払いして口を開いた。

「菜摘殿、はっきり申して、佐奈という方はよほどに悪いように見える。もはや、半年、もつかどうかではないのか」

菜摘は首を横に振った。

「そればかりは何とも」

答えを避けたが、菜摘の表情は良順の指摘を認めるかのように翳りを帯びていた。誠之助が息を吞んだ。

「まさか、信じられません。そんなひどいことが」

亮がやわらかな口調で言った。

「なるほど、むごい牢屋暮らしが佐奈様の心ノ臓を痛めたのだろうが、はたしてそれだけだろうか」

亮の言葉に菜摘は目を瞠った。

「どういうことでしょうか」

「いや、ふと思ったのだ。もともと佐奈様は心ノ臓が悪く、命が永くないことを知っておられたのではないかとな」

「なぜ、そのように思われるのでしょうか」

菜摘は亮を見つめた。亮は次郎に顔を向けた。

「福岡藩の横目付は佐奈様が平野様とともに逃げたのではないかと疑っておりました。ですが、平野様は佐奈様に何が起きたのか、わたしたちから話を聞くまで、まったくご存じではありませんでした」

次郎が大きく頭を縦に振った。

「そげんたい。佐奈様はなして長崎に来られたとじゃろか」

「それはわかりませんが、佐奈様はご自分の命が短いことを知っておられ、おなかの子を守ろうとしたのではないでしょうか。そのために、平野様に助けを求められたのではないでしょうか」

亮は落ち着いた口調で言った。次郎は首をかしげた。

「わたしに助けを求める?」

「はい、佐奈様はご主人が何かの事情で不慮の死を遂げられ、福岡に留まっていては藩の詮議《せんぎ》を受けてご自分の命が危うくなり、おなかの子を守れないと思われた。そこで、長崎におられるかもしれない平野様の侠気《おとこぎ》にすがろうと思われたのだと思います。平野様はいろいろなひとから頼られるお人柄だとお見受けしました」

「そげなことはなか。ばってん、わたしはひとに助けを求められたら、見捨てるようなことはせんたい」

平然と次郎は言ってのけた。

「佐奈様はそのことをご存じだったのです」

亮は静かに言って菜摘を見た。菜摘はしばらく考えてから、次郎に顔を向けた。

「平野様、今日、佐奈様と話されることはとても無理だと思います。佐奈様が養生されてからお出でいただくことはできましょうか」

次郎は莞爾《かんじ》と笑った。

「わかった。ひと月後にまた長崎に戻ってこよう。だが、わたしは月照という尊王の志厚いお坊様を幕府の追手からかばって薩摩に向かう途中たい。どこかで幕吏の手に落ちれば手間取るかもしれんが、必ず戻ってこよう」

何のためらいもなく次郎は言い切った。

「ありがとうございます」

佐奈に成り代わるつもりで礼を言いながら、菜摘は涙が出そうになった。佐奈がどんな事情で次郎に助けを求めようとしているのか、わからない。だが、次郎は佐奈を助けることを頼もしく引き受けようとしている。

次郎と佐奈の間に男女のことがあるとは思えないが、それでも佐奈が助けを求める気持を次郎は受け止めてくれているのだ。それは佐奈にとって幸せなことなのではないかと菜摘は思った。

菜摘が佐奈の胸の裡に思いをめぐらせていると、廊下に若い男が来て、

「松本さん、さっきの役人が、連れてきた女囚に会わせろとうるさく言ってきておるのですが、いかがしましょうか」

と訊いた。良順が大きな目をぎろりと剝いて、

「なに、あの男、もう押しかけてきたのか。うるさいやつだ。ここは西洋医学伝習所だぞ。木《こ》っ端《ぱ》役人がおいそれと入れるところではない。わしが追い払ってやろう」

と言って立ち上がった。

亮が微笑して口を開いた。

「松本様、相手は仮にも福岡藩の横目付です。手ひどく扱っては後が面倒ですから、穏便にお願いいいたします」

良順はふんと鼻を鳴らした。

「佐久良、お前は頭がよいし、なかなかの俊才であることはわかっておるが、何事も穏やかに収めようとするのは悪い癖だぞ。いまは西洋に開国を迫られ、尊王だ攘夷だでやかましい世の中だ。こんなときには、悪い膿《うみ》を出すのをためらってはならん。あの木っ端役人などは手ひどく扱うのがちょうどよいのだ」

良順が吐き捨てるように言うと、次郎はからからと笑った。

「言われる通りたい。わたしたち尊攘派はこの国の腐った膿を出して、新しい世を作ろうとしよると。そのためには血も流れるし、痛か思いもせにゃならんたい」

次郎の言葉を聞いて良順はにやりと笑うと表へ向かった。やがて、良順の大声が玄関のほうから聞こえ、それに抗《あらが》うように田代甚五郎の声が甲高くなった。

良順と甚五郎が言い争う声に耳を傾けていた次郎は、

「それなら、この間にわたしはおさらばさせてもらうたい。ひと月後に必ず戻ってくるけん、佐奈様の養生ばよろしくお願いしますたい」

と言って立ち上がった。菜摘たちが声をかける暇もなく、次郎は縁側の障子をからりと開けて、懐から取り出した草鞋《わらじ》を履くなり、庭に飛び降りて、あっという間に築地塀《ついじべい》を乗り越えて姿を消した。

飛燕《ひえん》のような素早さに息を呑んだ菜摘は亮を振り向いた。

「これでよかったのでしょうか。もう一度、佐奈様に会っていただいたほうがいいのではなかったでしょうか」

「佐奈様はもう一度、平野様に会えば、胸にあることを話さずにはいられないだろう。そうなれば、命に関わることになる。わたしたちは佐奈様のおなかの子も守らなければいけないのだ」

亮は諭すように言った。そのとき、千沙があわてた様子で部屋に入ってきて、

「姉上がとても苦しそうにしています。熱が上がっているようです」

と悲鳴のような声で言った。

亮は立ち上がった。

「菜摘が手当てをしてくれ。わたしはポンペ先生をお呼びするから」

亮の指示に従って、菜摘は佐奈のもとに向かった。

次郎が立ち去ったことを知って佐奈は苦しみ始めたのではないか。そんな思いが菜摘の胸に湧いてきた。

ポンペは佐奈を診察して、顔をしかめた。

「随分、無理ヲシタノデスネ。モトモト心臓ノ病気ナノニ、牢屋ニイテ体ヲ痛メテシマッタヨウデス」

いくらか熱が引いた佐奈は、横たわったまま、ポンペを見上げて、

「ありがとうございます。体のことは承知しております。福岡でお医者様から、いつ倒れてもおかしくはない、と言われておりましたから」

ポンペは首をかしげた。

「シカモ貴女《あなた》ハ妊娠シテイマス。ナゼ、無理ナ旅ニ出タノデスカ」

「そうするしかなかったのです」

佐奈は微笑して答えたが、それ以上、話そうとはしなかった。かたわらの菜摘が、

「佐奈様の加減がお悪かったので、平野様にはとりあえず、帰っていただきました。平野様はひと月後に必ず戻る、と約束してくださいました。それを待っていただけ

ますか」

「はい、お待ちいたします。平野様は必ず約束を守られる方ですから」

佐奈はうなずいた。

千沙が膝を乗り出して、

「姉上、福岡で何があったのか、教えてください。わたしたちが姉上をお守りいたしますから」

と言った。

佐奈は悲しげに答える。

「話してもしかたのないことなのです。誰にもどうすることもできないことなのですから」

「そんな――」

千沙がさらににじり寄ろうとすると、誠之助が肩に手を置いて止めた。

「佐奈様は疲れておられます。いまはとにかく休ませて差し上げるのが一番なのだと思います」

誠之助に諭されて千沙は涙ながらにうなずいた。

十二

玄関では良順と甚五郎の押し問答が続いていた。

「何度、申し上げたらわかっていただけるのですか。あの女囚はわたしが監視しなければならないのです。それを妨げられては、まことに困る」

甚五郎は苦々しげに言った。

「そんなことは、こちらの知ったことではない。ここは西洋医学伝習所だ。何よりも患者の命が大事だ。いま、お主のような役人が押しかけてはあの女人の命に関わるゆえ、面会できぬと言っておる」

良順はにべもなく言ってのけた。

「だから、話はできずとも、ここにいることさえ確かめればよいのです。それでなくては、護送のお役目が果たせません」

甚五郎は心底、困り切った顔をした。

「あの女人がここに入ったことはお主も知っているではないか。何を疑うことがある」

「入ってそれからのことです」

甚五郎は鼬のような疑り深い目をした。

「それからだと?」

良順は頭をそらせて甚五郎を見下ろした。

「あの女囚は奥に入って誰かに会ったかもしれません。そして、ともに裏口からでも逃げたかもしれないと疑っているのです」

執拗《しつよう》に甚五郎は言い募った。良順は甚五郎をしげしげと見つめた。

「何とくだらぬことを妄想するのだ。さては、お主、心を病んでおるな」

「心ですと?」

「そうだ。そのような者がたまにおる。気がおかしくなっているとは言わぬが、おのれが抱いた妄想に振り回されて、何もかもが信じられなくなっているのだ」

良順はつめたく言い放った。甚五郎は大きくため息をついた。

「そこまで言われるなら、やむを得ません。このことは長崎奉行様に申し上げて、然《しか》るべき処置をいたしましょう」

良順はわが意を得たりというように頭を縦に大きく振った。

「おお、そうするがいい。こちらでも、せっかく女囚を預かってやったのに、長崎奉行所の役人がうるさく言って困ると然るべき方に申し上げるぞ」

甚五郎は良順を睨みつけて立ち去ろうとしたが、ふと、振り向いて、

「いま、それがしのことを心の病だと言われましたが、そこまで言われるなら、預かった女囚にも気をつけたほうがよろしいですぞ」

「なんだと」

「あの女こそ、心の病にて、ありもせぬことを言うかもしれんのです。そうでなければ、身重の体で福岡から長崎まで来たりはいたしませんぞ」

甚五郎は嘲《あざけ》るように言って立ち去っていった。その甚五郎の後ろ姿を見送りながら、良順は眉根を寄せてつぶやいた。

「あの男、佐奈という女人が身籠っていることを知っていたのか」

菜摘は佐奈のおなかに子がいることを長崎奉行所の者には知らせていない、と聞

いていた。それなのに、甚五郎は知っていた。

良順は遠ざかる甚五郎の背中に不気味なものを感じないではいられなかった。


この日、甚五郎は長崎奉行所に戻ると、奉行の岡部長常に、西洋医学伝習所の者たちが、預けた女囚に会わせないと訴えた。

御用部屋で甚五郎の話を聞いた長常はつぶやいた。

「あの松本良順という男はなかなかの頑固者だからな」

良順を知っているらしい長常の口ぶりに甚五郎はぎょっとした。

「お奉行は彼《か》の者をご存じなのですか」

「西洋医学伝習所で学んで江戸に戻れば将軍家の侍医になる男。わたしたちのような役人にとって迂闊《うかつ》には扱えぬ男だ」

暗に脅すように長常は言った。

「しかしながら――」

甚五郎が抗弁しようとしたとき、下僚が廊下に膝をつき、

「海軍伝習所の勝《かつ》様がお見えでございます」

と告げた。

「勝殿が——」

長常は怪訝《けげん》な顔をしたが、すぐに苦笑した。

「なるほど、良順め、さっそく手を打って厄介な男を送り込んできたな」

わけがわからずに甚五郎が口を開けていると、長常は、

「そこに控えていよ」

と言ってから、下僚に、

「勝殿をお通しいたせ」

と命じた。

間もなく羽織袴姿の小柄な武士が御用部屋に入ってきた。一見して西洋人ではないかと思える彫りの深い顔立ちで、鋭い目が知恵深そうに輝いている。

長崎海軍伝習所の第一期生の勝麟太郎《りんたろう》、号して海舟《かいしゅう》だった。

勝は旗本小普請組《こぶしんぐみ》の勝小吉《こきち》の長男として生まれ、若いころは剣術修行と参禅に明け暮れ、免許皆伝の腕前となったが、やがて西洋兵術の勉強を始め、蘭学者の永井《ながい》青崖《せいがい》について学んだ。嘉永三年（一八五〇）には赤坂田町《たまち》中通に蘭学塾を開き、諸

藩の依頼を受けて鉄砲や大砲の鋳造に取り組んだ。

ペリー来航に際して幕府に海防意見書を提出したことから、目付兼海防掛の大久《おお》保《く》忠寛《ただひろ》の知遇を得た。そして安政二年（一八五五）に海軍伝習のために長崎に派遣された。その後、海軍伝習所の世話役のようになって、面倒な交渉事を引き受けていた。おそらく、良順から、佐奈の扱いについて長崎奉行所と交渉して欲しいと頼まれたのだろう。

御用部屋に入ってきた勝はにこりとして長常の前に座った。

「勝殿がここに来られるのは珍しい。何事ですかな」

長常がさりげなく訊くと、勝は明るい声で答えた。

「いや、散歩に出たのですが、近くまで来たのでお奉行のご尊顔を拝しておこうと思ったまででござる」

「さんぽとは何でござるか」

長常は聞き慣れない言葉に眉をひそめた。

勝はひとを食った笑顔になった。

「ああ、失礼いたした。散歩とは、それがしがオランダ語のプロムナードにあてはめて作った言葉でござる」

「ほう、さようか――」

長常はプロムナードという言葉の意味がわからず鼻白んだ。

勝は得意げに話を続ける。

「それがし海軍伝習所に参りましてから、オランダの海軍士官たちが、時折、用もないのにぶらぶらと歩いておるのに気づきまして、何をしているのだ、と訊いたのでござる。するとオランダ士官はプロムナードをしていると答えました。どうも彼らは病にならぬためにぶらぶら歩きをいたすようです」

「ほう、そうなのですか」

長常は目を丸くした。

大きくうなずいて勝は言葉を継いだ。

「つまり、プロムナードは歩みを散じることだと存じましたゆえ、散歩と名づけたしだいでございます」

勝の説明を聞いて、長常は、ははと笑った。

「散歩のことはわかりましたが、勝殿はそのことだけを告げに来られたのではありますまい」

勝はいたずらっぽい笑みを浮かべた。

「いかにもご賢察の通りですが、散歩の話はまんざら、関わりがないわけではございませんぞ。西洋の者たちは日ごろから病にならず、健やかでいることに気を遣っているのです。わが国もこれを学ばねばなりません」

長常は膝を叩いた。

「なるほど、それゆえ、西洋医学伝習所に預けた女囚のことには口を出すなと言われるのか」

「いかにもさようです。海軍伝習所と西洋医学伝習所はいずれもわが国の将来に役立つ者たちを育てております。その行いに過ちはござらん。されば、安心しておまかせいただきたい。それができなければ、われらの面目が立ちません」

勝は笑みを引っ込めて厳しい顔になった。

長常は甚五郎に顔を向けた。

「勝殿はかように言われる。わたしももっともなことだと思うが、どうだ。得心が参ったか」

長常に言われて、甚五郎は何か言おうとした。しかし、その機先を制するように勝は振り向いて口を開いた。

「お前さんかい、筑前から来た横目付っていうのは。なるほど、鼬のような顔をしておるな。何を嗅《か》ぎ回っているのか知らないが、海軍伝習所には気の荒いやつが多い。妙な真似をすると、海に叩き込まれるかもしれないよ。もっとも、筑前育ちなら、玄界灘で海の水の味は知っているんだろう。鼬がどんな泳ぎ振りをするのか見せてもらうのも一興かもしれねえな」

いきなり霰《あられ》のように悪口を叩きつけられて甚五郎は目を白黒させた。

長常はくすくすと笑い続けた。

十三

勝麟太郎がこっぴどくやっつけたためか、甚五郎は西役所に近づこうとはしなくなった。

西役所で勝がいつも使っている一室で良順が礼を言うと、勝はこともなげに、

「外様藩の横目付なんぞに、おれたちがやっていることに文句をつけられちゃ腹が立つからやったまでさ。礼なんぞ言う必要はないが、そんなことより、医学伝習所に女囚を抱え込んでどうするつもりだね」

と訊いた。良順は腕を組んで、

「さて、義を見てせざるは勇なきなり、と申しますからな」

と答えた。勝はあきれた顔になり、やがて笑い出した。

「松本さん、あんたは豪傑だが、ちょっと時代遅れだな」

「どうしてですか」

良順はむっとした。

「どうしてもへちまもなかろう。あんたはポンペ先生の蘭方医学をわが国に広めようと思って日々、努力してるのだろう。それなのに女囚と心中するのは見上げたこととは言えないと思うがね」

「心中などはいたしません」

良順は生真面目《きまじめ》に答えた。

「あんたはそのつもりでも、かばっている女囚が自害でもしたらどうなるね」

「自害？　まさかそんなことはありますまい」

良順は眉をひそめた。

「わかるもんか。女はいつも手前《てめえ》の都合で生きているんだ。松本さんたちに何を言っているか知らねえが、眉につばをつけて聞いておいてちょうどだぜ」

勝がまくしたてると、良順は不機嫌になった。

「わたしは勝さんのようにひとの裏をばかり見たくはありませんな」

勝は、はっはと笑った。

「ひとの裏が見えてねえってことは、表だって見えてねえってことだよ。あの女囚は筑前の勤王家の平野某《なにがし》と関わりがあるっていうじゃねえか。仮にも医学伝習所は幕府の肝いりで成り立ってるんだぜ。そんなところに勤王家と関わりがある女囚を置くのは自分から火の粉をかぶりに行くようなもんだぜ」

「そうではありましょうが、何分《なにぶん》にもいったん引き受けたからには後には引けません」

良順が言い張ると、勝はぷっと吹き出した。

「あんたもたいした頑固者だな。そんなに言うなら、せめて、その女囚が白と言うなら真反対の黒かもしれねえ、黒と言うなら白かもしれねえぐらいのことを考えてみたほうがいいぜ」

良順は腕を組んで考えてから口を開いた。

「いえ、それが女は何も言っておらぬのです。勝さんだから申し上げるが、実は女を筑前の勤王家と引き合わせました。女が勤王家にならまことのことを話すに違いないと思ったのです。ところが、女は勤王家に会うなり病が重くなってしまいまして」

「ほう、それは惜しいことだったな。だが、おれなら、そんな女のことは信用しねえな。女が何も言わないのは、言うと都合が悪いことがあるからだろうよ。病が重くなるってのも怪しいもんだぜ。女は自分で気を病んで病になったりするからね」

勝はあっさりと言ってのけた。良順は感心したように、

「勝さんは、随分、女に詳しいですな」

と言った。勝は苦笑する。

「世間じゃ皆、わかってることだよ。松本さんがうといだけさ」

ううむ、と良順はうなった。

勝から佐奈への疑いを口にされて困惑した良順は、西洋医学伝習所に戻ると、居合わせた菜摘と亮に、

「勝さんは世間ずれしたひとだけに、佐奈殿のことを信じないようだ。今後のことを考えると勝さんを得心させたほうがいいと思う。平野殿が戻ってくる前に福岡で何があったのかを訊き出せないものだろうか」

と言った。亮はうなずいて答えた。

「実はわたしもそのことは考えていました。平野様はどうやら幕府に追われているようです。そんな方をまた幕府の奉行所である西役所に来させるのは危なすぎます。何とかその前に佐奈様に話してもらえる工夫はないかと考えておりました」

菜摘は良順と亮の言葉を複雑な思いで聞いた。

平野次郎が立ち去ってから佐奈はしだいに回復して顔色もよくなっていた。

（これなら、大丈夫かもしれない）

そう思って菜摘はほっとしたところだけに、再び問い質すようなことをしていいものなのかと案じられた。

亮は菜摘を見つめた。

「ここは千沙さんと誠之助さんにまかせてみてはどうだろうか」

「千沙さんと誠之助に話を訊かせるのですか」

菜摘は目を瞠った。

「そうだ。佐奈様も妹の千沙さんには心を開くのではないだろうか。だが、千沙さんだけでは姉妹の情に流されてしまう。誠之助さんはひとに信用してもらえる人柄だ。わたしや松本様が訊くよりは話しやすいだろう」

言われてみればそうかもしれない、と菜摘は思った。

佐奈が西役所に来てから千沙はずっと付き添って看病しているが、病に苦しむ佐奈を問い質すわけにはいかない、と訊くことを控えているようだ。

誠之助がそばにいて冷静に話をすれば、佐奈も胸の裡を打ち明けるかもしれない。

そのほうが平野次郎を危険にさらさずにすむだろう。それを佐奈も望んでいるのではないだろうか。

「わかりました。千沙さんに訊いてもらうようにしましょう」

　菜摘はうなずいた。


菜摘と亮はこの日の夜、千沙と誠之助に佐奈から話を訊き出して欲しいと告げた。

千沙は思いつめた表情で、はい、と答えて、

「わたしも姉上と話したいと思っておりました」

と言った。だが、誠之助は頭に手をやって、

「しかし、わたしがそばにいたら、佐奈様は何も話さないのではありませんか」

と危ぶんだ。亮は笑って、

「いや、誠之助さんがいたほうが佐奈様は話しやすいのではないかと思う。誠之助さんにはひとの心を落ち着かせるところがあるから」

と言葉を添えた。

いつもなら、誠之助様はちょっとのんびりしたところがあるから、ひとが安心するのです、とでも言ってからかう千沙なのだが、さすがにこのときは、

「わたしも誠之助様がそばにいてくれたほうが安心です」

と素直に言った。誠之助は戸惑って、

「本当にわたしがそばにいていいんですか」

と訊いた。千沙はかわいらしくうなずく。

「本当はわたしひとりで姉上に話を訊くのが恐いのです。姉上がどんな思いをされたのかひとりで聞くと泣き出してしまうかもしれません。そんな風だと姉上を悲しませてしまうと思うのです」

なるほど、とつぶやいた誠之助は、

「わかりました。それならわたしが千沙さんとともに話を訊きましょう」

と声を高くした。

亮はふたりに向かって、

「では、ふたりに話を訊いてもらうとして、勝麟太郎という海軍伝習所の方が言っていたことを覚えていて欲しい」

「勝様が言われたことですか？」

誠之助は怪訝な顔をした。

「そうだ。勝様は松本様に、佐奈様の話は、真反対のことを言っているかもしれない、と思いながら訊いたほうがいいと言われたそうだ」

千沙が頭を振った。

「そんなことは無理です。わたしは姉上の話を疑って訊いたりはできません」

亮は千沙を見つめた。

「無理にとは言わない。けれど、ひとは本当のことをなかなか話さないというのは勝様の言う通りだと思う。たとえば、千沙さんはよく誠之助さんのことを、いつもとんまでのろまであるように言いますが、本当にそう思っているわけではないでしょう」

亮の言葉を聞いて、誠之助はじろりと千沙を見た。

「わたしのことをとんまでのろまだ、と言っているのですか」

千沙はすました顔で、

「亮様の思い違いです。そんなことは言っておりません」

と言ったが、小さな声で、似たことは言いましたが、と付け加えた。

やっぱり、言っているんだ、と誠之助は憤然とした。

亮は手を上げると、

「親しい仲でもそんな風だということだ。千沙さんは誠之助さんのことを馬鹿にしているわけではない。本当は好きなのだ、と思う。だが、そのことを素直に言えないのだ。ひとはそういうものではないだろうか」

と諭すように言った。

亮に言われて、千沙は赤くなりうつむいた。誠之助は、えへん、と空咳をして、亮の言葉が聞こえなかった振りをした。

菜摘は千沙と誠之助がかわいそうになって亮に顔を向けた。

「それぐらいにしてください。誰しも心の中を探られるのは気持のいいものではないのですから」

亮は大きく頭を縦に振って哀しげに言った。

「そうなのだ。まして、佐奈様が抱えている秘密は大きく、せつないことのような気がする。わたしたちが訊きたいのは、佐奈様が夫である加倉啓様を殺したのかどうか、そして佐奈様のおなかの子の父親は誰なのかということなのだから」

千沙が怯えた表情になり、誠之助は心配そうに千沙を見つめるのだった。

翌日、千沙と誠之助は西役所を訪れ、佐奈が寝ている部屋に入った。

佐奈は少し具合がよくなったのか、寝床に起き上がって薬湯を飲んでいた。西洋医学伝習所の学生が作ってくれたらしい。

佐奈はふたりが部屋に入ると微笑んで、

「菜摘先生はお見えでないのですか」

と訊いた。寝床のかたわらに座った誠之助が、身を乗り出して、

「はい、今日は福岡で何があったのか、わたしたちがお訊きしたほうがいいのではないかと思って来ました。話していただければ、佐奈様にも、平野次郎様のためにも何かできるかもしれません」

と単刀直入に言った。佐奈は千沙に顔を向けた。

「あなたもそう思いますか」

千沙は佐奈を見つめて答えた。

「はい、きっと姉上のお役に立てると思います」

そうですか、とつぶやいた佐奈はしばらく黙ってから口を開いた。

「わたくしは今まで長崎奉行所で何を訊かれても答えませんでした。それは答えようにも、わたくしにもよくわからないことばかりだったからです。平野様にお会いすればわかるのではと思って長崎に来ました。でも、この間、お顔を見たときにわかりました。平野様もご存じではなかったのです。それはわたくしにとって辛いことでした」

佐奈は話し始めた。

千沙と誠之助は佐奈の顔を見つめ、言葉に耳を傾けた。

十四

わたくしが福岡藩書院番百石、加倉啓のもとに嫁いだのは十六のときでした。啓の父母はわたくしが嫁してから間もなく相次いで病で亡くなりました。

わたくしは嫁して七年余りつつがなく過ごしましたが、子供ができないことだけが、悩みの種でした。

夫はそんな悩みを忘れるためもあってか、藩の儒学者で和歌に造詣の深い、馬淵《まぶち》故山《こざん》先生のもとに通って和歌の研鑽《けんさん》を積んでおりました。

夫が平野次郎様始め藩内の尊王家の方たちと会うようになったのも馬淵先生の影響であったかと思います。

やがて夫はわたくしも馬淵先生のもとに誘うようになりました。

馬淵先生の門下には藩内の奥方たちが何人もいらっしゃいましたから、わたくしもさほどためらわずに歌会などの末席につらなり、馬淵先生に歌作の手ほどきをしていただくようになりました。

馬淵先生はわたくしを気に入ってくださった様子で、

「なかなかに雅な歌を詠まれる」

と言って、懇切に教えてくださいました。その様を見て、門下の奥方たちから嫉《ねた》みを受けたような気さえします。

馬淵先生は皇室への尊崇の念が厚く、典雅な和歌を作られました。夫もそれに倣《なら》い、尊王の志をおりにふれて語るようになっていました。

そんな夫のもとに平野様始め尊王家のひとたちが訪れるようになったのです。

尊王家の方たちに囲まれるようになった夫はしだいに気持が昂揚《こうよう》したのか、馬淵先生の尊王論は因循《いんじゅん》だとひそかにわたくしにもらすようになりました。

わたくしは、師に対してみだりにそのようなことを言っては申し訳ないではありませんか、と何度か申しました。

しかし、夫はすっかり藩内の尊王家の方たちと意気投合して、いずれ天子様の世が来るに違いない、などと口走るようになったのです。

わたくしは、こんなことが馬淵先生の耳に入ったらどうなるのだろう、と懸念いたしておりました。すると、案の定、馬淵先生から夫に呼び出しがかかりました。

夫は不貞腐《ふてくさ》れた様子で、馬淵先生の屋敷にうかがいました。

しかし、この日の夜遅くなって帰って参りました夫は、青ざめてひどく落ち込んでおりました。どうなさいましたか、と何度か訊きましたが、応えてはくれませんでした。

しばらくすると、夫は平野様始め、尊王家の方たちとの間がうまくいかなくなってきたようでした。

屋敷に平野様たちがお見えになって話していても、時に夫に対して尊王家の方たちが声を高くして問い詰めるようになっていったのです。

わたくしは何が起きているのかわからず戸惑っておりましたが、あるとき、加倉の両親の墓参りに行ったおりにお寺で平野様と偶然、出会ったのです。それで、無理をお願いして寺の本堂でお話をうかがいました。

平野様は困った様子でしたが、ようやく、このころ世の中がアメリカとの修好通商条約の締結をめぐって騒然となっていることを話していただけました。

諸国の尊王家の方たちは、攘夷論を唱え、

——尊王攘夷派
と呼ばれるようになっていたそうです。

「しかし、これまで尊王を言いながらも、幕府の威光におもねって、攘夷を唱えん者もおるとです。わが藩で言えば馬淵故山ですたい」

平野様は憤りをこめて言われました。

馬淵先生は、天子様を敬いつつも、政《まつりごと》の大権は幕府にあるのだから諸大名や武士たる者は幕府に従わねばならぬ、と説かれていたそうです。

さらに平野様は、馬淵先生が藩の目付に尊王の志を抱く藩士のことを教え、時にその者たちが何をしようとしているのかを密告しているとまで言われました。

「まさか、馬淵先生がさようなことまでされるとは思えませんが」

わたくしが信じられぬ思いでいると、平野様は、

「すべては生き残るためですたい」

と馬淵先生を非難されたのです。このころ、平野様たちは、馬淵先生のことを目付の、

——走狗《そうく》
である、と言っていたそうです。

藩主黒田長溥様はもともと、薩摩の島津家から養子に入られた方で尊王家にも理解を示されていたのだそうですが、世の中の動きが騒然となってくると、過激な尊王攘夷派への警戒を強めるようになられたそうです。

そこで、直々、馬淵先生をお召し出しになって、尊王についてのお尋ねがあったそうです。このおり、馬淵先生は、政の大権は幕府にあるのだから諸大名や武士は

天子様を崇めつつ、政においては幕府に従わねばならない、とかねてからの持論を述べられたのです。このことを殿様は大層喜ばれ、

「わが藩の尊王家の亀鑑《きかん》である」

と、馬淵先生はお褒めの言葉に与《あずか》ったそうです。

それだけに、藩内の尊王家の方たちは、馬淵先生を曲学阿世《きょくがくあせい》の徒として憎むようになっていたのです。

身の危険を感じた馬淵先生はそれから藩の目付の方たちと連絡をとられ、時に横目付を指図して藩内の尊王家の動きを調べるようになりました。平野様たちが、馬淵先生を〈走狗〉と呼ばれるのはそのためだったのです。

「近ごろの加倉様の言動にはどことなく馬淵故山に似たところがあるとです。あるいは、故山に何かを言われたのかもしれまっせんたい」

平野様に言われて、わたくしは初めて謎が解けたような気がしました。

この日、わたくしは日が暮れるまで平野様と話し込んでしまい、あわてて屋敷に戻りました。

すでに夫が下城しており、わたくしの外出を知って怪訝そうにしておりました。

わたくしは加倉の両親の墓参りに行ったが、急に気分が悪くなってお寺で休んできたとだけ申して、平野様と会ったことは口にしませんでした。

変な疑いをかけられては困ると思ったのです。

藩の政に関わることを平野様から聞いたと言うわけにはいかなかったからですが、それだけではなかったように思います。

わたくしは平野様と話すうちに、清廉潔白で物事に一筋に向かうお人柄に感じ入っておりました。

このような殿方はめったにいないのではないかと思い、敬う心持ちが強くなっておりました。

かような気持を殿方に抱いたのは初めてだけに、夫に知られるのが恐ろしくなり、とても言うことはできなかったのです。

夫は不審そうにわたくしを見ておりましたが、そのときは何も言いませんでした。

数日後——

夫はわたくしを伴って馬淵先生の屋敷に参りました。わたくしは歌道を馬淵先生に教えていただいていましたが、このころは足が遠のいておりました。

それだけに気は進まなかったのですが、夫に強く言われると断るわけには参りませんでした。

馬淵先生のお屋敷では、この日、歌会は開かれておらず、わたくしたちは茶室に通されました。

馬淵先生は以前と変わらぬ温容さでわたくしを迎えてくださいました。

とても藩内の尊王家の方たちと対立して、横目付を使って探っているひとのようには見えませんでした。

夫は以前と比べてひどくへりくだって馬淵先生に挨拶をいたしました。その様子は、歌道の門人というよりも、家来に似ていました。

わたくしは訝《いぶか》しく思うと同時に嫌な心持ちがいたしました。かつて馬淵先生の前に出ると清浄な風にふれたような気がしたものですが、このときは生臭く不穏な気配を感じただけでした。

馬淵先生は茶を点《た》ててくださり、わたくしが飲み終えたとき、

「佐奈殿は近ごろ、寺参りにはよく行かれますかな」

と言われました。

わたくしは先日のことを言われた気がして不安になりながらも、

「墓参りには行っております」

とだけ答えました。すると、馬淵先生は首をかしげられました。

「それはおかしいな。佐奈殿が寺にて男と会っていたと言う者がいるのだが、あれは墓参りをされていたときのことなのかな」

わたくしは息が止まりそうになりました。平野様と話したことをなぜ馬淵先生がご存じなのだろうと思いました。

同時に平野様が、馬淵先生は横目付を指図して藩内の尊王家の動きを探っていると話していたことを思い出しました。

あの寺にいた平野様を横目付が見張っていたとしたら、わたくしが話していたところも見られたのだとようやく気づきました。

わたくしは隣に座っていた夫に頭を下げて、あの日、平野様に会ったことを話しそびれていたと打ち明けて謝りました。

ですが、夫はつめたい表情を見せただけで何も言いませんでした。代わって馬淵先生がにこやかに、

「さようなこともあろう。しかし、ひとは些細《ささい》なことから道を誤るものじゃ。加倉殿にもそんなことがあったゆえ、わたしから忠告をいたした」

　と言われました。

　わたくしは何のことかわからず、ありがたいことでございます、とだけ答えました。すると馬渕先生は、

「まことにありがたいと思われるか」

　と言葉を継がれました。

　どういうことなのかわからず、わたくしが黙ってしまいますと、馬渕先生は厳しい目でわたくしを見つめました。

「加倉殿はわたしの門人でありながら浮薄な尊王激派の者たちの仲間になり、わたしをひそかに謗《そし》っていた。横目付がそのことをわたしに報せて参ったので、呼び出して懇々と説諭した。このまま浮薄な者たちと行をともにするなら、殿に言上して重い処罰を受けてもらわねばならぬとな。すなわち、切腹ということにもなろうとな」

　馬渕先生はいままで見たこともない恐ろしい目を夫に向けました。夫は青ざめて

うつむきました。

そのときになって、わたくしにも夫が馬淵先生に呼び出され、その後、様子がおかしくなったわけがわかりました。

悔い改めないなら切腹させるぞ、と馬淵先生から脅されたのです。そんなおりに、わたくしが平野様と会ったことが馬淵先生に伝わったのです。

わたくしは手をつかえ、頭を下げて、思慮の足らぬことをいたしました、お許しください、と懸命に詫びました。

馬淵先生は、もう一服、進ぜようと言われてまた茶を点てられました。すると、それが合図だったように夫は、失礼いたします、と頭を下げて茶室を出ていってしまいました。

なぜ夫が出ていったのかわからず、わたくしが呆然としておりますと、馬淵先生は茶を点てた黒楽茶碗をわたくしの前に置かれました。

馬淵先生は釜に目を遣りながら、

「謝りの言葉だけでは何も変わらぬ。ひとは失った信を取り戻すためには、何事かをなさねばならぬ。いま、佐奈殿がなさねばならぬことは、何も言わず、その茶を飲むことだ。それによってわたしの信を取り戻し、加倉殿を窮地から救うがよい」

とひややかに言われました。

わたくしは言われるまま、恐る恐る黒楽茶碗を手にしました。そしてゆっくりと茶を飲み干しました。

急に、目の前が真っ暗になりました。

はっとして気がついたとき、どれほどの時がたっていたかわかりません。わたくしは茶室に横たわっていました。

その間に何があったのか、わたくしは何も覚えておりません。わたくしは光の射さない闇の中にいたのです。

十五

千沙は真っ青になって言った。

「姉上、もしや姉上のおなかには赤子が宿っているのではありませんか」

佐奈は目を伏せた。

「隠せることではありませんね。そうなのです」

震える声で千沙は訊いた。

「それは義兄上のお子なのでしょうか」

佐奈は、はっとしたように目を見開いた。

「何ということを言うのですか。わたくしは不義密通をいたしたりはしません」

「それは、存じておりますが」

千沙は唇を噛んだ。

佐奈の話を聞くと、馬淵故山が理不尽な手段によって佐奈を辱めたのではないか、と思える。

佐奈はそのことを認めたくないがゆえに、記憶を曖昧にして、あたかも霧の中を生きるような心持ちでいるのではないか。そんな佐奈をこれ以上、問い詰めてどうなるのか。

もし、真実と向き合えば佐奈はおなかの子ともども、自ら命を絶つかもしれない。

千沙は誠之助を振り向いた。

「誠之助様――」

わたしには、もうこれ以上、姉上に話を訊けません、と目で訴えた。だが、誠之助はゆるゆると頭を振った。

誠之助はいままでにないほど、千沙をやさしく見つめている。千沙の苦しみと佐奈が直面している過酷なものをしっかりとわかっているのだ。

そのうえで、これを乗り越えなければ、佐奈を救うことはできない、という厳しい考えが誠之助にはあるのだ。

千沙は目に涙をためて誠之助を見つめ返した。わたしには、とてもできません、という千沙の思いが誠之助に伝わった。

誠之助は膝を乗り出した。

これからの話は自分が訊かねばならない、と非情な決意を固めていた。あるいは、それは佐奈の命を奪うことになるかもしれないが、もし、真実を知ることができるならば、佐奈を助ける一筋の道が開けるかもしれない。

誠之助は目に力をこめて口を開いた。

「茶室で馬淵故山との間に何があったかはもうお訊きしません。ただ、加倉啓様が亡くなられたおりのことをお聞かせください」

佐奈は苦しげに眉をひそめた。

「思い出すといっても、何もありません。夫はわたくしが居室に参りましたとき、倒れていたのです」

「加倉様は毒によって亡くなられたということでしたが、そんな形跡はあったのですか」

「わかりません。ただ、倒れていた夫のかたわらには黒楽茶碗が転がっていました。あるいは、夫は茶を点てようとしていたのかもしれません。夫の部屋は茶の稽古ができるように炉が切ってありましたから」

「では、そのとき、炉に茶釜がかけられていたのですか」

誠之助は身を乗り出して訊いた。

「はい。さようです。夫は茶を点ててお客に振る舞うのを好んでおりました。平野次郎様始め、尊攘派の方々が来られたときも茶を点てたことがございます」

「もしかすると、加倉様は尊攘派との軋轢《あつれき》で平野様を恐れるあまり、脱藩した平野様が加倉様を斬りに戻ったら茶に毒を盛ろうとしたのではありませんか」

もし、そうだとすると、佐奈は夫に次郎を殺させないために毒を飲ませたのかもしれない、と誠之助は思った。

佐奈はじっと考えた。そしてせつなげにため息をついた。

「あるいは、そうかもしれません。夫はそんなことを口にしていたのです。平野様に剣ではかなわないが、毒を盛ればいい、と。わたくしは夫が倒れているのを見たとき、恐ろしいことが起きた、と思いました。そして気づいたときには家を出ていたのです。夫を助けられなかったからには死ぬしかない、とあのときは思っていました」

「平野様に助けを求めようと思われたのですね」

「夫が死んでいるのを見たとき、毒を盛られたのだ、ととっさに思ったのです。そして疑われるのはわたくしなのだ、と思いました。疑われ、お取り調べを受けるのは、わたくしは構いませんが、そうなれば、おなかの子が――」

佐奈はおなかに手をあてた。

「おなかの子の命が危ないと思われたのですね」

誠之助は痛ましげに言った。

「あのとき、わたくしは夫が信じられなくなっておりました。馬淵先生の茶室で恐ろしいことが起きたと思っていたのです。夫が亡くなったからには、そのことも露見する。そうなれば、子を守れないと思いました」

それで、佐奈はただひとり、信じられると思った次郎のもとに奔ったのか、と誠之助は思った。

千沙がようやく口を開いた。

「では、姉上は加倉様を殺めてはいないのですね」

佐奈は首を横に振った。

「信じてください。たしかにわたくしと夫の間には大きな溝ができておりました。わたくしは夫を信じられず、心の底で憎んでいたかもしれません。ですが、殺めようなどと思うはずがないではありませんか」

誠之助はうなずいた。

「いまの話をうかがっていると、加倉様は平野様を殺めるために毒を盛るつもりで、誤って自分が毒を飲んでしまったように思えますが」

「わかりません。夫がなぜ、あのようなことになったのか――」

そこまで話して佐奈は、はっとした。

「そう言えば、あの黒楽茶碗は夫が馬淵先生から頂戴したものでした。夫は馬淵先生のもとから茶碗を持ち帰ったとき、薬袋のようなものを持っておりました。わたくしが、それは何なのかを訊いても笑うだけで答えませんでした」

誠之助は目を瞠った。

「では、毒は馬淵故山から渡されたのかもしれませんね」

馬淵故山は平野次郎ら尊攘派から憎まれていた。加倉啓が尊攘派に狙われれば、自分にも累が及ぶと恐れて、平野次郎を殺すための毒を渡したのではないか。

故山は学者として藩内の尊敬を集めていた。故山のもとに出入りする者の中に医者がいたとすれば、毒を手に入れるのは難しくないだろう。

誠之助は腕を組んで考えた。

加倉啓が毒によって平野次郎を殺そうと考えたのは、たしかだろう。しかし、そこで思いもかけないことが、起きたのだ。

まさか、間違って毒を飲んだなどということではないだろう。何事かが起きて加倉啓は毒を飲んでしまったのだ。

誠之助はううむ、とうなり声をあげるのだった。

佐奈の疲れ方を見て、誠之助と千沙はそれ以上のことを訊くのをあきらめた。

松本良順の許可を得て西洋医学伝習所の一室で待っていた亮と菜摘のもとへ行って、佐奈から聞いたことを話した。

亮は膝を叩いて、

「よくやってくれた。これでかなりのことがわかった」

と言った。だが、菜摘は眉を曇らせた。

「そうでしょうか。加倉様がどうして亡くなられたのかは、まだ闇の中のように思いますが」

亮はにこりとした。

「闇があることがわかったのが大きいのだ。いままで横目付の田代甚五郎様から聞いた話では、藩がつかんでいる事件のことしかわからなかった。だが、佐奈様の話で馬淵故山という人物が深く関わっていることが明らかになった。この筋をたどれば、佐奈様に何が起きたかがわかると思う」

千沙は頭を振った。

「わたしはこれ以上、姉上に何が起きたのかを暴きたくはありません。もし、すべてが明らかになったら、姉上は生きていけないのではないでしょうか」

亮は千沙をやさしく見つめた。

「たしかに、馬淵故山が佐奈様にひどいことをしたのだとすれば、そのことが明らかになるのは辛いことかもしれない。しかし、真実と向かい合わずしてひとは生きていくことができない。そして真実はひとに生きていく力と希望を与えるものだ、とわたしは信じている」

亮が言い切ると誠之助も身じろぎして口を開いた。

「わたしもそう思います。いまのままでは佐奈様はいつまでも闇の中にいるしかありません。真実を見つめ、光の中に出さえすれば、皆で佐奈様を助けることもできると思うのです」

菜摘は目を閉じて考えていたが、ゆっくりと瞼を開けて、

「辛いですが、やらねばならないことだ、とわたくしも思います」

と言った。千沙は肩を震わせていたが、やがて涙を拭いた。大きく吐息をついて、

「わたしもそう信じます」

と言った。

亮と菜摘たちがそんなことを話していると、部屋の入口に松本良順がひょっこり
と顔を出した。

「おい、また新しい患者だ。手が空いているのなら手伝え」

良順は難しい顔をして言った。亮は立ち上がった。

「また、患者が出たのですか」

「ああ、すごい勢いで広がっている。これはえらいことになるぞ」

良順は苦い顔をした。

菜摘は亮に向かって、

「ころりですか」

と訊いた。

「そうだ。ポンペ先生の薬を求めて患者が押しかけてきている。人手が欲しいのだ」

「わたくしたちも手伝いましょうか」

菜摘が言うと、良順は大きくうなずいて笑った。

「そうしてくれるか。助かるぞ」

菜摘は誠之助と千沙に顔を向けた。

「いいですね」

千沙が迷いを吹きはらうように、

「はい、わたしにできますことでしたら、何でも命じてください」

と言った。

「わたしも手伝います」

誠之助も頼もしく言った。

亮が嬉しげに、

「よし、ならば、皆でころりと闘おう」

と声を高くして言った。

ころりとは、このころ長崎で流行り出したコレラのことである。

この年、長崎に入港したアメリカ船から流行り始め、たちまちのうちに広がっていた。

不治の病とされ、かかればすぐに死んでしまうことから、

――ころり

と呼ばれていた。

十六

このころポンペは医学全般をひとりで教えていたが、同時に貧乏人は無料で診察し、武士と町人の区別もいっさいしなかった。ポンペは、

「医師は自らの天職をよく承知していなければならぬ。ひとたびこの職務を選んだ以上、もはや医師は自分自身のものではなく、病める人のものである。もしそれを好まぬなら、ほかの職業を選ぶがよい」

と門弟たちに教えた。それだけにコレラが流行り出すと、寝食を忘れて患者の治

療に没頭した。コレラは西日本から大坂を経て江戸にまで広がっていた。

その中で、ポンペが学生たちと研究してコレラ治療に効果があるのではないか、と考えたのが、

――キニーネ

だった。キニーネは南米原産のキナの樹木の皮から作られ、感染症のマラリアに用いられていた。ポンペはこれがコレラにも効果があるのではないかと思って、使用法を広く報せた。

それだけにポンペのもとには治療を求めて患者たちが引きも切らなかった。

良順に連れていかれた病室は、武士や町人の患者であふれていた。

ポンペはその真ん中でキニーネを処方し、患者を励ましていた。だが、コレラがコレラ菌によって広がっていることが判明するのは明治十七年（一八八四）のことで、この当時ポンペといえども正確な治療法はわかっていなかった。

病室の様子を見た亮は、良順に向かって、

「しかし、キニーネは本当に役立つのでしょうか」

と声を低めて言った。

良順はさっと振り向いた。

「佐久良、貴様、何ということを言うのだ。先生の教えに従わぬというのか」

良順はポンペを神のごとく崇めており、ポンペを批判する者を許さない。

「そんなことはありませんが、現に回復せずに死んでしまう患者もいます。治療効果について見直すべきです」

「馬鹿な。先生を疑うような真似はわしが許さんぞ」

良順は激昂した。

「しかし、大坂の緒方洪庵《おがたこうあん》先生もわたしと同じ考えだと聞いていますが」

「あれは洪庵が間違っているのだ」

良順は強情に言い張った。

このころ大坂でもコレラが流行していた。一日に何十人もの患者が死んでいくのにたまりかね、医者たちはポンペが処方したキニーネに飛びついて治療しようとした。このためキニーネの奪い合いになり、薬屋にも在庫がなくなるという事態になった。

さらにキニーネがないことで治療をあきらめる医者も出てくる始末だった。しかし、実際に患者を診た洪庵はキニーネの特効性について疑問を抱いた。

（ポンペ氏は間違っているのではないか）

キニーネのみに頼らずとも米や麦の煮汁を飲ませるなどあきらめずに治療すれば回復する患者もいるのだ。

洪庵にはポンペを批判するつもりはなかった。ただ、コレラの治療は難しく、ひとつの治療法だけに囚われず、幅広く行うことが必要なのではないか、と思った。

洪庵は医師として懇切丁寧な男で、この結論に達すると、すぐに西洋の文献からコレラの治療法をまとめ、自らの診療経験も踏まえたものを『虎狼痢治準《ころりちじゅん》』という対応策として百部印刷し、諸国の医師たちに届けた。

これを知った良順は、ポンペを侮辱するものだ、と怒って洪庵に抗議の手紙を書いた。これに対し、洪庵は反論せずに、良順の手紙も含めて、再度、『虎狼痢治準』を出版することになる。

コレラの治療法をめぐる論争では明らかに洪庵のほうがおとなであり、医師としての良識を備えていた。

亮がそのことにふれると、良順は嫌な顔をした。

「いまはそれどころではないだろう。目の前の患者のことが先だ」

と言って、別の病室に行ってしまった。

亮はしかたがない、という顔をして、菜摘とともに患者たちを診始めた。千沙と誠之助は看護の手伝いをしている。

そうしているうちに、病室にひとりの女が入ってきた。

いねだった。

いねは亮と菜摘に気づいて患者たちをかきわけるようにしてやってきた。

「ポンペ先生はこちらですか」

いねは声をひそめて訊いた。見ると、先ほどまで近くで患者を診ていたポンペの姿がない。別の病室へ移ったようだ。

「隣の病室ではないでしょうか」

亮が答えると、いねは、そうですか、とつぶやいて何事か考えているようだった、そして、

「松本さんはどちらにお出ででしょう」

と訊いた。

ポンペ先生と同じ病室だと思います、と亮が答えようとしたとき、良順が気難しげな顔をして戻ってくるのが見えた。

いねは良順に近づくと、耳元で何事か囁くように言った。良順は驚いた顔をして、いねに何か言った。そして亮を手招きした。

「佐久良、相談したいことがある。ちょっと来てくれ」

呼ばれた亮は、後を頼む、と菜摘に言い残して良順についていった。

菜摘はひとりで患者たちを診ていったが、間もなく目の前に来た男を見て、ぎょっとした。

田代甚五郎だった。

青い顔をした甚五郎は腹を押さえて、

「下痢が止まらないのです」

と言った。

「そうですか」

菜摘は甚五郎の額に手をあてて熱を測り、さらに脈をとった。そのうえで、どの

ような症状なのかを訊いた。おおよその症状を聞いて、

（ただの腹下しだ。ころり騒ぎを聞いて、ころりだと思い込んだのだ）

と思った。そう言おうとしたが、ふと、口をつぐんだ。

誠之助と千沙が佐奈から話を聞いてくれたが、あれ以上のことは佐奈にもわからないに違いない。

もし、何かを知っているとしたら、この田代甚五郎だ。

甚五郎は菜摘に真剣な眼差しで見つめられて、さらに青くなった。

「よほど悪いのでしょうか」

甚五郎に言われて菜摘はあわてて頭を振った。

「さようなことはありませんが。ここはかように混み合っています。今夜、家で診ましょうか」

ひとがいないところのほうが話しやすいとばかりに言われて、甚五郎はさらに顔を強張らせ、はい、と虫の鳴くような声で言った。

この日、コレラ患者たちの診療を終えた菜摘は千沙や誠之助とともに家に帰っ

た。

亮はいねや良順と何事か話しているらしく夜になっても帰ってこなかった。

菜摘は千沙と誠之助に昼間、甚五郎が診療を受けに来たことを話し、

「病人の弱みにつけ込むようで気が進みませんが、佐奈様のことを思えば、そうも言っておられません」

と告げた。千沙がうなずく。

「あのひとは姉上を捕まえて手柄にしようと意地悪なことをしてきました。少々、病のことで頭を悩ませてもしかたがないと思います」

誠之助も大きく頭を縦に振った。

「佐奈様とおなかの赤子のいのちがかかっているのです。非常の手段もやむを得ないでしょう」

三人が話し合っているところに田代甚五郎が帰ってきた。

相変わらず顔色が悪い。

菜摘は居間に甚五郎を呼んだ。誠之助と千沙がかたわらに控える。

甚五郎は息も絶え絶えな様子で、

「何だか、熱が出てきた気がします。わたしはどうなるのでしょうか」

菜摘は力をこめて答える。

「大丈夫です。いえ、しっかり治療すれば大丈夫だということです」

甚五郎はぼんやりした顔を向けた。しかし、目にわずかに希望の光が宿ったようだ。

菜摘は話を続ける。

「田代様はお役目大事で過ごしてこられて、疲れがたまられ、体の力が弱くなっているのです。それで――」

菜摘は重々しい口調で言った。

「重い病にかかられたのかもしれません」

「ああ――」

甚五郎は悲鳴のようなため息をもらした。

菜摘は威厳のある顔つきで言い添えた。

「ところで、わたくしも田代様の治療に専念するためには、気がかりなことをなくしておきたいと思います」

「気がかりなことですと」

甚五郎は怪訝な顔をした。

「ご存じのように、わたくしは千沙さんの姉上、佐奈様を何とか助けたいと念じております。ですが、田代様は佐奈様を捕えて福岡に連れ戻そうとされています。お役目であるなら、それはしかたのないことです。しかし、お役目ではなく、我欲で田代様が佐奈様を追っているようなら、わたくしは治療いたすかどうかを考えねばなりません」

甚五郎はあわてて、

「我欲などとんでもない。それがしは、お役目一筋の真面目な男でございますぞ」

ときっぱり言った。

「ではうかがいますが、田代様は馬淵故山様をご存じですか」

「はい、わが藩きっての学者ですからな。存じております」

甚五郎はうなずく。

「その馬淵故山様が藩の目付の方たちと連絡をとられ、時に横目付を指図して藩内の尊王家の動きを調べるようになっているというのはまことですか」

菜摘は甚五郎の顔を見つめて訊いた。

甚五郎は首をかしげた。

「ほう、さようなこと、どこで知られました。正直に申し上げればその通りです。わたしは兄同様、藩のお偉いさんにあごで使われるのは嫌いですから、馬淵様に近づきませんが、同僚の中にはあたかも上司に仕えるかのごとく馬淵様のもとに出入りしている者もおりますな」

菜摘は甚五郎の言葉を吟味するかのように少し考えてから口を開いた。

「では、田代様は馬淵様に命じられて佐奈様を追ってきたのではないのですね」

「それは違います。わたしはもともと平野次郎の動きを探っていたのです。すると、加倉啓殿が変死を遂げ、奥方が出奔し、平野次郎を追ったようなので動き出したのです」

甚五郎は迷うことなくきっぱりと言った。

菜摘はうながすように誠之助を見た。誠之助はごほんと咳をしてから問うた。

「加倉様が馬淵様のもとに出入りしていたことはご存じですか」

「無論、知っております。加倉殿は尊攘派の平野次郎たちと親しく交わり、そのくせ、尊攘派から蛇蝎《だかつ》のように嫌われている馬淵様のもとにも行く。まことに蝙蝠《かわほり》のようなひとだ、と思っておりました」

甚五郎は辛辣《しんらつ》に言ってのけた。

「加倉様は馬淵様から茶の教えも受けていたようです。馬淵様から与えられた黒楽茶碗を持ち帰り、その黒楽茶碗で茶を喫された後、亡くなられたようです」

誠之助は声をひそめて言った。

「ほう、それは知りませんでしたな。あるいは、加倉殿は平野次郎から斬られる前に毒を盛ろうとしていたのではないかと思いますが、そのために黒楽茶碗を持ち帰ったというわけですかな」

甚五郎は腕を組んで考え込んだ。さすがに探索に頭を使い出すと、顔色が戻ってきた。

千沙がたまりかねたように言った。

「加倉様は馬淵故山のところから、黒楽茶碗だけでなく薬袋も持ち帰ったのです。それが毒だったのではないかと思います」

甚五郎は首をひねった。

「なるほど、毒の入手先は馬淵様でしたか。しかし、その毒で加倉殿はなぜ死んだのでしょうかな」

そうつぶやいていた甚五郎は不意ににやりと笑った。

「そう言えば、馬淵故山は女癖が悪いことでも有名でしてな。それも弟子の奥方にまで手を出すという噂でした」

甚五郎は菜摘たちの顔を見まわした。

「なるほど、ようやくわかりましたぞ」

甚五郎はくっくと笑った。

十七

この日、亮は深夜になって帰ってきた。そして居間で行灯《あんどん》の灯りで茶を飲んだだけで、ぼんやりと考え事をしている。

起きて待っていた菜摘は訝しく思ったが、今夜の田代甚五郎との会話について告げた。

佐奈の夫、加倉啓と馬淵故山の関わりについて話したところ、甚五郎は「なるほど、ようやくわかりましたぞ」と言った。

だが、甚五郎は、それ以上のことはぬらりくらりと逃げて話そうとはしなかったのだ。

「それは、田代様は何事かをつかんだということだな」

亮はつぶやくように言った。菜摘はうなずいて、

「わたくしもそう思います。でも、田代様は何をつかんだのでしょうか」

菜摘に訊かれて、亮は考え込んだが、しばらくしてぱんと膝を叩いた。

「駄目だ。今夜は考え事がまとまらない」

亮は頭を手でごしごしとかいた。菜摘は日ごろにない、亮の様子に驚いた。

「どうしたのですか」

心配そうに見つめる菜摘に亮は顔を向けた。

「ころりの患者は増え続けている。医学伝習所ではころりの患者を身分にかかわら

ず受け入れているが、これは本来、許されないことだ。だが、松本様が、岡部御奉行に必死に願い出てようやく実現したのだ。松本様も偉いが岡部御奉行も立派だとわたしは思っている。そして昼夜を分かたず、診療にあたられているポンペ先生は医者の亀鑑だ」

「本当にそうですね」

菜摘もポンペや良順の働きには、頭が下がる思いがしている。さらに長崎奉行、岡部長常の度量の広さにも目を瞠るものがあった。

医学伝習所は幕府の機関であり、良順は幕府御抱え医師として長崎に来ている。本来、庶民の診療など許されないのだ。ましてオランダ商館の医師であるポンペが長崎の町で医療行為をすることなど認められるはずはなかった。

だが、ポンペの医師としての使命感に感激した良順が何度も長崎奉行所に掛け合い、岡部長常の英断によって患者たちは救われることになったのだ。

これほど素晴らしいことはない、と菜摘も思っていた。しかし、いまの亮は憂鬱げな表情をしている。

「伝習所で何かあったのでしょうか」

　菜摘が訊くと、亮は思い切ったように口を開いた。

「いね様が医学伝習所に来られて、ころりがこれほど広がっているのだから、その病の源を知るために、〈腑分け〉をしてはどうか、と言われた。これを聞かれたポンペ先生も乗り気なのだ」

「〈腑分け〉でございますか」

　菜摘は首をかしげた。

　医学のための人体解剖、〈腑分け〉をわが国で初めて行ったのは、古医方《こいほう》派の山《やま》脇東洋《わきとうよう》だった。宝暦四年（一七五四）に幕府の許しを得た山脇東洋は京都で〈腑分け〉を行った。それ以降、日本各地で死体解剖が始まった。

　明和八年（一七七一）に江戸で行われた〈腑分け〉では、杉田《すぎた》玄白《げんぱく》や前野良沢《まえのりょうたく》らが西洋の医書を持参してその解剖図の正確さに驚いた。

　このため、玄白や良沢は、苦労の末、西洋の医書を翻訳して『解体新書』として出版した。これをきっかけに本格的な蘭学が起こるのである。

　それだけに西洋医療に携わる者には〈腑分け〉を実際に行い、人体の構造をわが目で確かめたいという思いがあった。

シーボルトの娘で西洋医学を極めたいという思いが強かったいねは、ころりの治療のため、医学伝習所が長崎奉行所の大きな力添えを得ているいまこそ、〈腑分け〉の許しを願い出てはどうかとポンペに訴えたのだ。

ポンペも学生たちのために〈腑分け〉をするべきだ、と考えて良順に長崎奉行所と折衝するよう命じた。良順がこれを受けて奉行所の役人と交渉してきたが、その結論が今日、医学伝習所で話し合われたという。

菜摘は膝を乗り出した。

「それで、お許しは出たのですか」

菜摘も自分にはできないことだが、〈腑分け〉を見るだけは見たいと思った。

うむ、とうなずいた亮は、厳しい顔になって、

「長崎奉行所の牢屋から医学伝習所に預けている女囚が死んだならば、その女の〈腑分け〉を差し許す、ということだった」

菜摘は息を呑んだ。

「それは佐奈様のことですか」

「そうだ。いま、長崎奉行所に死罪となる者はいないそうだ。それゆえ病死が出た

らということになるが、そうなると牢屋に置いていては命が危ないということで預けたのだから、佐奈様だということになる」

「そんな、佐奈様は無実です。それなのに〈腑分け〉にされるなど酷すぎます」

「わたしも、そう松本様に申し上げた。しかし、もともと佐奈様は旅の商人を刺し、金を奪ったという罪で囚われたのだ。佐奈様はそのような方ではないと思うが、いまは罪人なのだ」

亮は淡々と言った。

福岡を出奔して長崎に向かった佐奈は途中、路銀に困り、旅の商人に春をひさごうとしたが、そのおり、商人を刺して金を奪ったとされていた。

佐奈がそんなことをするわけはない、と菜摘は思ったが、それでも疑いをかけられた身であることに間違いはなかった。

「でも、わたくしには佐奈様の〈腑分け〉など到底、できません」

「わたしも同じだ。しかしいね様からこう言われた」

いねは亮に向かって、

「もし、佐奈さんと違う囚人が亡くなり、〈腑分け〉されることになったとして、その囚人にも親はいましょうし、家族もいるかもしれません。いえ、死んで悲しむ者がいないひとはよほどまれなのではありませんか」

と言った。亮は返す言葉がなく、

「それはその通りですが」

となった。

いねは冷静な表情で、さらに言葉を継いだ。

「医者は自分が知らぬ関わりのないひとだけを診るわけではありません。親しく、いとおしい相手も、あるいは憎み、嫌っている相手でも診なければなりません。親しい相手だから、〈腑分け〉ができないのであれば、医者であることを止めたほうがいいのではありませんか」

いねの言葉に亮が当惑していると、良順からいねの言葉を通訳されたポンペが感激した身振りとともに口を開いた。

「オオ、イネサンノオッシャルコト、正シイデス。死者ハ神ノモトニイキマス。ワタシタチハ、亡クナッタヒトタチガコノ世ノタメニ最後ニ貢献スルコトヲテツダウノデス。スベテハ神ノ意思ナノデス」

ポンペから言われれば、もはや、亮はうなずくしかなかった。たしかに〈腑分け〉は死者を冒瀆《ぼうとく》するものでもなければ処罰するというものでもない。

　ひとを救う医学のために献身してもらうことにほかならない。たとえ関わりがある相手だからといって、ためらっては医者としての使命は果たせないだろう。

　亮の話を聞いて、菜摘はため息をついた。

「医者とはそれほど厳しい仕事なのですね」

「ひとの命を助ける医者は甘えが許されないということだろうな」

　亮はつぶやくように言った。菜摘は気を取り直して、

「ですが、佐奈様はまだ亡くなられてはいません。それにおなかに子を宿されています。いまはただ、佐奈様がすこやかなお子を産めるように、わたくしたちは力を尽くすことだけを考えればよいのだ、と思います」

　菜摘がきっぱり言うと、亮もうなずいた。

「そうだな、まずは佐奈様の命を助けることを考えるのが医者だな」

　はい、と答えた菜摘は何としても佐奈を助けようとあらためて心に誓った。

翌朝――

菜摘は医学伝習所に行く前に二階の甚五郎に声をかけた。

だが、返事がない。

気になって二階に上がり、襖《ふすま》越しに、

「田代様――」

と呼びかけても応えがない。失礼します、と襖を開けてみた。やはり、部屋には誰もいない。

(どこへ行ったのだろう)

ふと見ると、文机《ふづくえ》の上に書状がある。手に取って開いてみると、いったん福岡に戻ることにした、と書かれ、

――馬淵故山怪しく候

と追記されていた。甚五郎は、馬淵故山を調べるために福岡に戻ったのかもしれない。甚五郎が調べることで何かがわかればいいのだが、と菜摘は思った。

十八

三日後――

福岡に戻った甚五郎は藩庁に届け出ると、その足で馬淵故山の屋敷へ向かった。

故山は藩主に気に入られ、横目付を使って尊攘派の動静を探っていたから、長崎での平野次郎の動きを報告するという大義名分があった。

甚五郎が客間で待つほどに出てきた故山は上座に座り、

「平野国臣の動きをつかんで参ったか」

と訊いた。甚五郎は両手をつかえ、頭を下げたまま、何も言わない。

「どうした、わかったかと訊いておるのだ」

厳しい口調で故山は訊いた。甚五郎はゆっくりと顔を上げた。ぼんやりとした自信なげな顔を作っている。

「それが、何とも――」

頼りない声で甚五郎は答えた。

「何とも、どうしたのじゃ」

故山は目を鋭くした。

「はい、どうやら平野次郎は長崎に姿を見せたようなのでございますが、すぐに行方がわからなくなったのでございます。おそらく薩摩に向かったのではございますまいか」

「取り逃がしたのか。ならばそなたの失態じゃぞ」

故山に決めつけられても、甚五郎は応えた様子もなく、

「とはいえ――」

と言葉を継いだ。そして、しばらく考える風で黙っている。故山がたまりかねて口を開こうとしたとき、

「おそらく平野はまた長崎に戻って参りましょう。なぜなら、福岡から出奔した加倉啓殿の奥方が長崎にいるからでございます」

と言った。故山は興味ありげな顔になった。

「ほう、加倉の妻女を見つけたのか。それはでかした」

「さりながら」

また、意味ありげなことを言って甚五郎は故山の顔をじっと見つめた。今度は、故山もどうした、などと声はかけず、じっと甚五郎を見据えている。

甚五郎はにやりと笑った。

「加倉殿の奥方は旅の商人を刺して金を奪った疑いをかけられ、長崎奉行所に囚われておりまして、手が出せません」

「なに、加倉の妻女はさような疑いをかけられているのか」

故山は目を瞠った。

「さようにございます。やはり加倉殿に毒を盛ったのは奥方だったのでございますな」

へつらうように甚五郎は言った。

故山は目を閉じて、

「信じられぬ。よき妻女のようであったが、やはりわしの慮《おもんぱか》りが足らなかったか」

と残念そうにつぶやいた。甚五郎は首をかしげた。

「慮りが足らなかったと言われるのは、いかがなことでございますか」

おもむろに故山は目を見開いた。

「加倉啓は尊攘派の者たちとつきあいが深くなりすぎて身動きがとれなくなっておった。あるいは平野次郎に命を狙われておったかもしれぬ。それで、わしは加倉の妻女を呼び出し、夫をさようなな危うい目に遭わせぬよう心配りをいたすのが妻たる者の務めではないかと懇々と諭したことがある。それがよくなかったのかもしれぬ」

しみじみとした口調で故山は言った。甚五郎はわずかに目を鋭くして故山の表情を見つめた。

「何がよくなかったのでございましょうか」

「夫婦、ともども追い詰めたかもしれぬということだ。加倉は尊攘派とわしの板挟みになって苦しんだのであろう」

故山はため息をついた。

「それでは加倉殿は自ら毒を仰がれたのかもしれませぬな」

さりげなく甚五郎が言うと故山はうなずいた。

「そうかもしれぬとわしは初めから思っていた」

せっかくのお心遣いが無になったのは、まことに残念でございますなあ、と甚五郎は、慨嘆してみせた。そして、さりげなく言い添えた。

「ところで、加倉殿は馬淵様から頂戴した黒楽茶碗を持ち帰ったとき、薬袋もともに持って帰られたそうでございます。その薬袋に馬淵様は心当たりはございませんか」

故山は首をかしげた。

「薬袋に心当たりなどない。それに、わしは加倉に黒楽茶碗を与えたりはしておらぬぞ」

訝しげに故山は言った。

甚五郎は膝を乗り出した。

「黒楽茶碗を与えてはおられない、とはまことのことでございますか」

「嘘を言ってどうなる。まことじゃ」

平然と故山は答える。

「さようですか。ならば、加倉殿はどこかで黒楽茶碗と毒を手に入れられ、持ち帰られたということになりましょうか」

「そういうことになるな」

なぜか微笑みを浮かべて、故山は甚五郎を見つめた。

間もなく甚五郎は故山の屋敷を辞した。

すでに夕刻になっており、あたりを薄闇が覆おうとしていた。

甚五郎は考え事をしながら歩いていた。すると、後ろから足音がするのに気づいた。

辻を曲がる際、甚五郎はさりげなく後ろを振り向いた。荷を背負った旅の商人らしい男が歩いているだけだった。

甚五郎はそのまま歩調を変えずに歩いた。旅の商人らしい男もそのまま、ついてくる。

町家が並ぶあたりで、甚五郎は路地に入り、何度か旅の商人をまこうとした。だが、驚いたことに商人は甚五郎を見失わず、振り切られることなく、ついてくる。

（なるほど、なるほど――）

甚五郎は胸の中でつぶやいた。

馬淵屋敷を出てからつけられているということは、故山の手の者なのだろう。ひょっとすると故山は尊攘派の動きを調べるため、甚五郎たちのような横目付を使うだけでなく、目明しのような町人も使うようになったのかもしれない。

甚五郎は、感心したように、

「驚き入ったことだな」

とつぶやいた。

故山の力は幕府の〈安政の大獄〉を背景に福岡藩の中で強くなっているのかもしれない、と思った。

同時に甚五郎は兄の助兵衛が事件の探索中に殺されたことを思い出した。

（兄上は余計なことに首を突っ込みすぎたからな）

甚五郎は頭を振った。しかし、今日、馬淵屋敷を訪ねたのも、兄の助兵衛がしたのと同じような余計なことだったのかもしれない。

これは危ないな、と思った甚五郎は足を速めて、いくつかの路地を抜けて、松並木のある大きな通りに出た。

だが、すでに夕刻になっているから人通りがない。それでも、甚五郎の後ろからひたひたと歩いてくる足音がする。

甚五郎は不安になって駆け出した。後ろを振り返らない。だが、武家屋敷が並ぶあたりに出たときに、ぎょっとした。

前方に旅の商人らしい男が三人立っている。さらに後ろから足音が迫ってくる。

(囲まれたか)

甚五郎は刀の鯉口《こいぐち》に指をかけた。その動きを見たのだろう、背後の足音がぴたりと止まった。

前方にいた旅商人たちがゆっくりと近づいてくる。腰に脇差を差しているようだ。

甚五郎は前と後ろを見まわして、

「お前らは何者だ」

と声を発した。

男たちは応えない。甚五郎は薄く笑った。

「答えなくてもわかっているぞ。馬淵様の手の者だろう」

男たちはなおも応えないまま脇差に手をかけた。甚五郎はその様子に目を走らせながら、

「わからんな。今日、わたしはそれほど馬淵様にとって都合の悪いことを訊いたのか。どこが悪かったのか教えてはくれぬか」

甚五郎が言うと、前方の真ん中の男が黙ったまま脇差を抜いた。それに応じてほかの男たちも脇差を抜く。

（いかん、やられる）

腕にさほど自信がない甚五郎は肝を冷やした。同時に、兄の助兵衛の最期も思い浮かべた。助兵衛はひとりで探索したあげく女子の手にかかって果てたらしい。

（つまらない死に方をしたものだ、と思っていたが、やはり兄弟だな。似たような死に方をするのかもしれない）

胸の中でつぶやいた甚五郎は道沿いの武家屋敷の築地塀に跳び上がった。築地塀の上をカタカタと瓦《かわら》を踏みながら駆けていく。

商人姿の男たちが追おうとしたが、甚五郎の動きは敏捷だった。あたかも夜の闇を走る鼬のようだった。

遠くで時を告げる寺の鐘が鳴った。

千沙は毎日、医学伝習所に出かけて、ころりの患者たちの診療を手伝ったが、少しの合間を見ては佐奈のもとに行った。

佐奈は朝と夕方、熱を出すものの、昼間はわりあいに落ち着いていた。

そんなとき、千沙は福岡での事件については訊かずに、子供のころの話など他愛ない思い出ばかりを語った。

佐奈は、笑みを浮かべて、

「千沙はまだ、お嫁にいかないのですか」

と訊いた。

「わたしはまだ早いです」

千沙は恥ずかしげに答えた。

「そんなことはないでしょう。藩医の関根《せきね》寛斎《かんさい》様のお子である英太郎《えいたろう》様との縁談があったと聞きましたよ」

佐奈に言われて、そんなこともあったと千沙は思い出した。

　もし、あの縁談がまとまっていたら、いまごろは英太郎の妻になっていたのかと思うとおかしな気がした。

　それに、佐奈を見ていると、早く嫁したからといって、幸せになれるものではないのだな、という気がする。

　ひょっとすると、ひとの幸、不幸はちょっとしたはずみで決まってしまうのかもしれない。だとすると、すべては運なのだろうか。

　どれほどの努力を積み重ねても運のないひとは不幸に沈むし、運のあるひとは少しばかりの努力で大きな幸せをつかむのかもしれない。

「姉上、この世は不公平にできていますね」

　千沙は何気なく言った。思わず口にした本音の言葉だった。

　佐奈はうなずいた。

「わたくしを見ていてそう思うのでしょうね。無理もありません。わたくし自身、何度も恨みに思ったのですから」

「やはりそうなのですか」

　千沙はやつれた佐奈の顔を見て悲しく思った。娘のころ、佐奈は姉妹の中で一番、美しいと言われて、近所で評判だった。

千沙はうらやましい思いでいっぱいだった。ところがその佐奈がいまは運命に呪《のろ》われたように苦しみ続けている。

佐奈は笑みながら言葉を継いだ。

「だけど、わたくしはいまでは、これもすべて神仏のお許らいなのではあるまいか、と思うようになりました」

「まさか、そんなはずはありません」

千沙は頭を振った。

「いいえ、神仏には、何かお考えがあるのではないでしょうか。苦しみを与えられたひとは果たさねばならないお役目があるのだと思います」

「姉上――」

千沙の目に涙が滲《にじ》んだ。佐奈はどこまでも自分を律してけなげに生きようとしている。これほどの目に遭っても挫《くじ》けないのだ、と思うとせつなかった。

「そんなことを考えたのは、この部屋の外の廊下で医学伝習所の学生の方が立ち話をしているのを聞いたからです」

「どんな話をされていたのです」

千沙は嫌な予感がした。

「ポンペ様は長崎奉行所に、罪人が死んだら〈腑分け〉をさせて欲しいと願い出ていらしたそうです。そのお許しが出たということでした。そして死んだら〈腑分け〉される罪人というのは、わたくしなのです」

千沙は息を呑んで、佐奈にすがりついた。

「姉上、さようなこと、決してわたしがさせませんから」

「いえ、いいのです。〈腑分け〉はお医者様方がひとの命を救う学問のためにとても大切なことなのでしょう。これによって、救われる命が増えるのだと思います。わたくしはそのお役に立てるなら嬉しいと思いますよ」

佐奈は微笑した。

「とは言っても、それはずっと先の話です。いまのわたくしはこの子を無事に産んで育てねばなりませんから」

佐奈はおなかに手をあてた。佐奈は子供のために生き抜く覚悟なのだ、と知って千沙はほっとした。

だが、もし、佐奈に万が一のことがあったときは、どうなるのだろう。ポンペは佐奈の〈腑分け〉を行おうとするのだろうか。

（そんなことは決してさせない）

千沙は胸に誓った。

十九

甚五郎が不意に帰ってきた。

菜摘の家の玄関に立った甚五郎は、

「ただいま帰りました」

とあたかも家族であるかのように声をかけた。日ごろは黙って二階に出入りしているのに、と菜摘は不審に思いながらも玄関に出た。すると旅姿の甚五郎は埃《ほこり》をかぶった笠をとり、羽織をはらっていた。福岡から急いで戻ってきたようだ。

「福岡で何かわかりましたか」

菜摘が訊くと、甚五郎はこくりとうなずいた。

「まあ、おおよそのところですが、拙者の推測にさほどはずれはないと思います
ぞ」

甚五郎は自信ありげに言うと、詳しくは佐久良殿が戻られてから一緒に聞いてい
ただきましょう、と言って二階に上がっていった。

甚五郎はそのまま昼寝をしたらしく、夕刻になり、帰宅した亮が菜摘や誠之助、
千沙とともに夕餉《ゆうげ》を終えたころになって、ようやく一階へ降りてきた。手に黒い布
で包んだ丸いものを持っている。

十分に睡眠をとったためか、甚五郎はすっきりとした顔をしており、

「茶などいただけますか」

と菜摘に厚かましく頼んだ。布の包みをかたわらに置く。

菜摘が皆に茶を淹れると、甚五郎はゆったりと飲み干した。そして皆の顔を見ま
わしたうえで、

「佐奈殿の一件、やはり馬淵故山が関わっておりますな」

と言った。千沙が膝を乗り出して、

「それはまことですか」

と訊いた。甚五郎は重々しくうなずく。

「さよう、故山と尊攘派の確執に加倉殿は巻き込まれたのでしょうが、それだけではないようです。故山は悪しき噂のあるひとです。おそらく、このことが今回の一件にも関わっておりましょう」

菜摘は千沙の顔をちらりと見て、

「田代様、佐奈様に何が起きたかは、わからぬことですから」

と言った。佐奈があるいは故山に手籠めにされたかもしれない、ということはことさら、表に出したくなかった。

甚五郎はそんな菜摘の心持ちを察したのかうなずいて、話を変えた。

「それがし、福岡に戻りまして、故山に会い、探りを入れてきました。その中で故山は妙なことを申しました」

甚五郎はもったいぶって言葉を切った。誠之助がうんざりしたように、

「どんなことを言ったのです。早く言ってください」

とうながした。甚五郎はにやりと笑って言葉を継いだ。

「加倉殿の遺骸のそばには黒楽茶碗が転がっていた。どうみても黒楽茶碗の茶に毒が入っていたからでござろう。佐奈殿はその黒楽茶碗は馬淵故山からもらったものだ、と言っていたということでしたな。だが、故山はそのような黒楽茶碗は加倉殿に渡してはいない、と言ったのでござる」

「そんな馬鹿な。姉上が偽りを言ったというのですか」

千沙が甲高い声で言った。甚五郎はゆっくりと頭を振った。

「いや、そんなことは申しません。おそらく嘘を言っているのは故山でしょう。故山は加倉殿に黒楽茶碗と薬袋を渡しているはずです。そのことが明らかになるのを恐れたのではありますまいか」

亮があごをつまんで訊いた。

「何のためにですか」

「故山は自分が渡した毒薬で加倉殿が死んだことが公になるのを恐れたのではないですかな。故山はおそらく加倉殿を憎み始めていた尊攘派を始末するために毒薬を渡したのでしょうから、そのことが明らかになれば、尊攘派からどのような仕返しがあるかわかりませんからな」

　甚五郎はしたたかな顔で言った。亮は首をかしげた。

「そのようなことで、黒楽茶碗や毒薬のことを隠そうとするだろうか。馬淵故山はいずれにしても尊攘派から狙われていたのだ。加倉様の死に少しばかり関わりがあったからといって、恐れることはないだろう」

　鋭い目で亮を見た甚五郎は、くっくっと笑った。

「まさに、その通りですな。故山があからさまな嘘を言ったのには、もっと別のわけがあるはずです」

　菜摘は目を瞠った。

「田代様も、わたくしの旦那様と同じことを考えたのですか」

「さようです。それゆえ、これを持ってきたのでござる」

　甚五郎はかたわらに置いていた黒い布の包みを皆が見えるように前に押し出した。そしてゆっくりと布の結び目をほどいた。中から出てきたのは黒楽茶碗だった。

「これは――」

　菜摘は驚いて甚五郎に問いかけた。甚五郎は表情を変えずに、

「加倉殿の屋敷はいま、住む者もなく封じられておりますが、福岡を出る前に忍び込み台所の棚から持って参りました。ほかに黒楽茶碗はございませんだゆえ、これが加倉殿の遺骸のそばにあった黒楽茶碗でございましょう」

と言った。

「この茶碗がそうなのですか」

誠之助が身を乗り出して、しげしげと覗き込んだ。

「どうも誰かが片づけはしたものの、洗ってはおらぬようですから、まだ毒がこびりついているかもしれませんぞ」

甚五郎がからかうように言うと、誠之助はどきりとした様子で体を茶碗から離した。だが、亮は無造作に黒楽茶碗をつかむと、底のあたりを指でこすった。その指を鼻先に持っていった。

「いや、毒など残っていないようだ。誰かが拭いたのだろうな」

苦笑して亮が言うと、甚五郎は平然と応じた。

「さよう、もはや毒はきれいにぬぐわれております。しかし、馬淵故山はそのことを知りません」

亮の目が光った。

「どういうことです。この茶碗で馬淵故山を罠にかけるつもりですか」

甚五郎は狡猾《こうかつ》そうにうなずいた。

「そのつもりです。実は福岡を出る前に故山に書状を出してきました。長崎奉行所で、黒楽茶碗がどのようにして加倉家に入ったのかを取り調べるつもりだと」

「ほう、長崎奉行所でですか」

亮は面白そうに甚五郎を見た。

「はい、そのうえで長崎にはポンぺという偉い医者がいるから黒楽茶碗の底に残っていた毒について調べてもらう、と故山への書状に書いてきました」

「なるほど、故山が何事かを隠しているとしたら、あわてるでしょうな」

亮はにこりとした。

「そうなのですよ。わたしは故山を長崎に引っ張り出すつもりです。福岡では殿のお気に入りの故山を問い質すなどとてもできませんが、長崎でならやれるでしょう」

甚五郎は底意地の悪い顔になった。

「では、馬渕様が長崎に出てこられれば、佐奈様の冤罪《えんざい》が晴れるかもしれませんね」

菜摘は嬉しげに言って千沙を見つめた。しかし、千沙は眉をひそめ困惑の色を浮かべた。

「でも、姉上が福岡から長崎に出てきたのは、ひょっとしたら馬渕故山というひとを恐れてのことだったのではないかと思います。もし、そうだとすると、姉上は恐ろしい思いをされるのではないでしょうか」

言われて菜摘は唇を嚙んだ。

たしかに千沙の言う通りかもしれない。

加倉啓が死んだおりに佐奈が福岡を飛び出したのは、啓を殺した疑いをかけられることを恐れただけではなく、自分に乱暴した故山との関わりを恐れてのことだったのではないかと思える。

菜摘はため息をついた。

馬渕故山が長崎に現われなければ事件の謎はとけないが、現われれば、ようやく医学伝習所に落ち着いた佐奈がさらに傷を負うかもしれないと思うと憂鬱だった。

翌日――

甚五郎は黒い布の包みを抱えて長崎奉行所に出かけていった。

役人を通じて佐奈に黒楽茶碗を見せるためだった。

この日の午後には、松本良順が奉行所に呼び出され、しばらくして憮然《ぶぜん》とした顔つきで黒い布包みを持って医学伝習所に帰ってきた。

良順は自分の居室に亮を呼び出して、

「福岡藩からの依頼らしい。この茶碗を佐奈殿に見せて見覚えがあるかどうかを訊いてくれ」

と不機嫌そうに言った。

「わたしが訊くのですか」

亮が迷惑そうに言うと、良順はじろりと睨んだ。

「わしはころりで忙しい。福岡藩の横目付の手伝いなどはしておられぬ。お主は福岡藩と関わりがあるのだから、やって当然だろう」

決めつけられて、亮はそれ以上は逆らわず、診療所に戻ると、使いを出して菜摘を家から呼んだ。

半刻（一時間）ほどして菜摘がやってくると、亮は黒楽茶碗の包みを見せて、

「田代様が長崎奉行所にこれを持ち込んだようだ。松本様から、わたしが佐奈様に見せるように命じられたが、菜摘がそばにいたほうがいいと思う」

と言った。菜摘は緊張した面持ちになった。

「そうですね。佐奈様にとって辛いことを訊かねばなりませんからね」

亮は厳しい表情になった。

「馬淵故山を長崎におびき出すことができたとしても、あらかじめ、この黒楽茶碗が故山からもらったものであることを確かめておかなければ、故山を問い質すことはできないからな」

亮の言葉に菜摘もうなずくしかなかった。

亮と菜摘が病室に行ったとき、佐奈は寝台の上で起き上がっていた。

菜摘がそばの椅子に腰かけて、

「佐奈様、お加減はよろしゅうございますか」

と言うと佐奈はにこりとした。

「はい、ことのほかいいようでございます」

佐奈は答えながらそっとおなかに手をあてた。母になる女人にはおなかにいる子の気配が伝わってくるのだろう。

亮は寝台の隅に、そっと黒い布包みを置いた。さらに布をほどく。現われた黒楽茶碗を見た佐奈が、

「それは――」

と言いながら青ざめ、苦しげな顔になると、亮は答えた。

「黒田藩の横目付が加倉様の屋敷から持ち出してきた黒楽茶碗です。横目付の田代甚五郎というひとが、黒楽茶碗のことを質したところ、故山は自分が加倉様に与えたものではない、と言ったそうです」

「それは嘘です。主人は間違いなく馬淵様から頂戴した、と申しておりました。なぜそのような偽りを言うのでしょうか」

亮は黒楽茶碗を見つめて、

「田代様は故山を怪しんでいます。そこで、この黒楽茶碗にこびりついている毒を

ポンペ先生に分析してもらうと言って、故山を長崎までおびき出そうとしています」

と告げた。

佐奈の顔色がさっと変わった。

「馬渕様が長崎まで来るのですか」

菜摘はなだめるように言った。

「加倉様がなぜ亡くなられたのか。そのことを知るためには、馬渕様に話を訊くしかないと横目付の田代様は考えているのです」

だが、佐奈は菜摘の言葉が耳に入らない様子で青ざめ両腕を抱えて、

「どうして長崎まで来るの。せっかく逃げてきたのに。どうして――」

とうめいた。

菜摘ははっとした。

「佐奈様が福岡を出たのは、馬渕故山様から逃げたかったからなのですか」

菜摘は佐奈の肩に手をかけて訊いた。

だが、佐奈は口をつぐんで震えるばかりだった。

二十

十日後――

菜摘は長崎奉行所に呼び出された。

奉行の岡部長常の御用部屋に通されてみると、甚五郎がひかえており、もうひとり菜摘が知らない男がいた。

(このひとが馬渕故山ではないか)

菜摘はとっさにそう思った。

総髪で端整な容貌をしており、いかにも学者めいた趣きを漂わせている。菜摘は男と目を合わさないように座って手をつかえた。

「お呼びにより参上いたしました」

菜摘が頭を下げて言うと、長常は気軽な様子で、

「こちらは黒田藩の馬淵故山殿であられる。西洋医学伝習所で治療している女囚のことで訊きたいことがおありだそうだ」

と言った。

故山は長常に軽く頭を下げると、菜摘に顔を向けた。

「わが藩で罪を犯した疑いのある女人が長崎で囚われ、いまは西洋医学伝習所でそなたの治療を受けておるそうだが、まことか」

高飛車に訊かれて、菜摘は手をつかえると短く答えた。

「まことでございます」

そうか、とつぶやいて故山は菜摘をじろじろと値踏みするように見た。

「その女は、死んだ加倉啓がわたしから黒楽茶碗と毒をもらったかのように言っていると聞いたが、まことか」

菜摘は首をひねってみせた。

「わたくしは医者として治療にあたっているだけでございますから、さようなことは聞き及んでおりません」

故山は少し考えてから、

「そこにおる横目付の田代甚五郎が、ポンペなる西洋人の医者に頼んで黒楽茶碗にこびりついた毒を調べてもらっているそうだが、そのことを知っているか」

菜摘は顔を上げてきっぱりと答えた。

「いえ、さようなことは何も存じておりません」

故山は皮肉な笑みを浮かべた。

「そなたは何も知らぬのだな」

「医者でございますから、患者の病のほかは何も知りたいとは思っておりません。お許しくださいませ」

菜摘は深々と頭を下げた。すると、甚五郎が身じろぎして口を挟んだ。

「かように申しております通り、すべては西洋医学伝習所にいる女に質さねばならぬと存じます。黒楽茶碗もあちらにございますので、ただいまから参りましょう」

甚五郎にうながされて故山は苦い顔になった。

「さような女囚に話を訊くなど、君子人《くんしじん》のすることではない。そなたが問い質せばよいではないか」

甚五郎は膝を乗り出した。

「とは申しましても、それがしがいかに問い質そうとも、頑として口を割らねばいたしかたございません。そこへいきますと、馬淵様の威には彼《か》の女も畏《おそ》れ入ってすべてを話すかと存じます」

阿諛《あゆ》するように甚五郎に言われると故山も言葉を返せなかった。すると、長常がおもむろに言葉を添えた。

「いかがでござろう。横目付がかような段取りをつけた以上、もはや馬淵殿が行かれたほうが何事も早かろうと存ずる。長崎奉行として女囚への訊問を許しますゆえ、行かれてはいかがか」

長常に言われては拒むわけにもいかなかったのか、故山は両膝に手を置いて頭を下げ、

「ご配慮、痛み入ります。されば異例とは存じますが、女囚への訊問をさせていただきます」

と言った。

その瞬間、甚五郎は獲物を捕えた狐のような顔をした。

菜摘と甚五郎に案内されて故山は西洋医学伝習所へ向かった。

故山は厳しい表情でひと言も口を利かなかったが、時折、立ち止まってはあたりに目を配った。

そしてまわりを十分に見た後、歩き出すのだった。その様子を見て、甚五郎は菜摘に、

「馬淵様を警護する横目付たちが見え隠れにつけてきております。もし、西洋医学伝習所で不測の事態が起きたときは、横目付たちが助けに駆けつけるというわけですな」

と低い声で言った。

「ですが、ほかの横目付の方々と争うことになっては、田代様の立場が悪くなるのではありませんか」

菜摘が心配して言うと、甚五郎は笑った。

「なに、わたしは兄同様、出世には縁遠く、いまは横目付として調べ上げることを楽しみにしています。もともと横目付の中では孤立しておりますので、ご心配無用でございまするぞ」

思いがけず、頼もしげに甚五郎は答えた。

やがて、西役所の門をくぐって西洋医学伝習所の前に立つと、故山は顔をしかめた。

「西洋医学伝習所だけに異人の腐臭がするではないか」

この日も西洋医学伝習所には、ポンペの診療を受けようと、ころりの患者が詰めかけているだけに、医薬品の臭《にお》いを故山は嗅いだようだった。

菜摘は故山に顔を向けた。

「これは薬の臭いです。ひとを助けるための臭いですから、わたしには清き匂いのように思えます」

菜摘がきっぱり言うと、故山は鼻で嗤った。

「さようなことよりも佐奈のところに早く、案内いたせ」

先ほどまで女囚としか言わなかった故山が親しげに、

――佐奈

と名前で呼んだことが菜摘を不快な気持にさせた。故山を佐奈に会わせてよいものだろうか。

建物の中に入りながら、菜摘はあらためてそう思った。

廊下にもころりの患者たちがあふれていた。百姓、町人だけでなく武士の姿も見かけた。

故山はひとを押しのけるようにして歩きながら、菜摘に、

「長崎とは何と病人の多いところだ」

と蔑むように言った。

「長崎だけではありません。いま、この病は諸国に広がっていますから」

菜摘は素知らぬ顔で言った。

「なんだと」

故山は訝しげに訊いた。菜摘は驚いて、ご存じなかったのですか、ころりでございますよ、と言った。

故山は思わず、立ち止まって、

「ここの患者はすべてころりだというのか」

とうめくように言った。すぐにでも逃げ出したそうな様子だった。

そんな故山に患者たちの中から、総髪で髭面の浪人らしい武士が、

「これはお久しゅうござる」

と声をかけた。

気難しげな表情で振り向いた故山は武士の顔を見て青ざめた。

「貴様は――」

故山は声を上ずらせた。

武士は、白い歯を見せて笑うと、

「お見忘れか。福岡藩におった平野国臣でござる」

と挨拶した。

故山の顔色は蒼白になっていた。

二十一

「それがし、薩摩にさる方を送り届けにゃならんでしたが、何とかこれを果たしたとです」
平野次郎は淡々と言ってのけたが、言葉には悲しみがこもっていた。
次郎は胎岳院雲外坊《たいがくいんうんがいぼう》と名のる修験者姿で、月照と従僕の重助《じゅうすけ》の三人で、船を雇って海路を進んだ。船で薩摩領に入ろうと思えば、潮流が速く、難所と言われた、
――黒之瀬戸
と呼ばれる海峡を通らなければならなかった。この当時、九州の海の難所は、三ヵ所あった。
玄海
千々石《ちぢわ》（平戸）
薩摩の黒之瀬戸
である。この難所を次郎は月照とともに夜中に船で渡った。そして黒之浜に上がり、出水《いずみ》口の関所から薩摩へ入った。
鹿児島城下に入ったのは、十一月十日だった。月照にとっては、京を出て追手の目に怯えながら、二ヵ月をかけてようやくたどりついた薩摩だった。
このときの感慨を示した月照の歌がある。

都にて誰かあはれと思ふらむ心づくしのはてをこす身を

だが、京都町奉行所の手先の目明しは薩摩の国境まで追ってきており、さらに福岡藩の盗賊方は鹿児島城下まで潜入して月照の行方を追っていた。

西郷吉之助は月照の到着を喜んだが、藩庁では困惑した。月照は幕府のお尋ね者であり、保護することはできない。

だが、幕府に引き渡せば家中の尊攘派が承知しないだろう。困った藩庁では、西郷を呼び出して、月照一行を日向《ひゅうが》高岡の法華《ほっけ》嶽寺《だけじ》に潜ませるよう命じた。

「月照様を国境へ送れと言わるっとでごわすか。それでは〈永送《ながおく》り〉ではごわはんか」

西郷は太い眉をひそめた。

薩摩では藩外から来た罪人を〈永送り〉と称して高岡に送り、斬り捨てることで厄介払いをしてきた。日向高岡は島津領だが、譜代大名である延岡の内藤藩の支領と接している。藩にとって面倒な人物を始末するのに都合のよい場所だった。

西郷は沈思したが、藩の命令に逆らうわけにはいかない。やむなく承諾した。

十一月十五日、西郷は月照や次郎、重助、さらに付き添いの藩士とともに船に乗り、錦江湾に出て、大隅の福山浦を目指した。

すでに月照とともに死を覚悟していた西郷は船の中で別れの酒宴を行った。錦江湾は月光に照らされて輝いていた。西郷が死を決意していることを知らない次郎は、得意の笛を披露し、月照が歌を詠んだ。

西郷は月照の歌を受け取るとうなずいて懐に入れた。船が陸に近づいたとき、西郷と月照は抱き合って海に身を投げた。次郎たちがあわてて救助したが、月照は絶命しており、西郷だけが助かった。

すでに夜が明けようとしていた。

西郷の懐にあった月照の絶筆の和歌は、

曇りなき心の月の薩摩潟沖の波間にやがて入りぬる
大君《おおきみ》のためにはなにか惜しからむ薩摩の瀬戸に身は沈むとも

という二首だった。

藩庁は二人を死んだことにしたため、福岡藩の盗賊方は引き揚げた。次郎はお構いなしとなり、薩摩を去ったのだ。

次郎は故山に顔を向けて、

「わたしは薩摩まで大事に送り届けたひとを亡くしたたい。こんな悲しか気持は二度と味わいたくなかたい」

と押し殺した声で言った。故山は顔をそむけた。

「何のことを言っているのかわしにはわからんな。藩の咎人であるそなたに、さような物言いをされる覚えはない」

「そちらが覚えがなかちゅうても、こちらにはあるったい。それにわたしは黒田家の咎人かもしれんけど、天子様の咎人じゃなかたい。天子様の咎人になるとは、黒田家のほうに決まっとるたい」

次郎は厳しい表情で言った。

「御家に対して何と不遜《ふそん》なことを——」

故山が顔をひきつらせると、甚五郎が前に出た。

「馬淵様、いまはさような者にかかずりあっているときではございますまい。さっそく参られませ」

甚五郎にうながされて、故山は甚五郎とともに病室へと入った。次郎も素早くその後に続いた。

そこには、亮と千沙、誠之助、さらに良順といねまでいた。故山は眉をひそめた。

「何だこの者たちは」

甚五郎が説明する前に良順が一歩前に出ると、

「わたしはこの医学伝習所の世話をしている幕臣の松本良順、ほかの者は、医学伝習所の医者と学生と思ってもらえばよい。わたしたちはこの病室の患者を診療してきたゆえ、不測の事態が起きぬよう立ち会わせていただく」

故山は良順が幕臣だと名のったため、

「恐れ入ります」

とかろうじて挨拶したが、すぐに甚五郎を睨んで言った。

「かような話は聞いておらんぞ」

甚五郎は平然として、

「いまは咎人の調べが先決でござる。立会人が多いほうが後でもめずにすむというものでござる」

と言った。甚五郎は寝台の端に座ってあらぬ方《かた》を見つめている佐奈を指さした。

故山は苦い表情でうなずいた。

「これ、加倉のお内儀、もはや逃れられんぞ。おとなしく福岡に戻られよ。わしはそなたが罪を犯したことが、いまも信じられん。福岡に戻れば、必ずわしが身の潔白を証してやろう。安心してわしにまかせなさい」

故山が重々しい口調で言うと、佐奈は振り向かずに、体を震わせた。その異様さに故山は目を鋭くした。

「どうした。何を恐れておるのだ。苦労したゆえ、無理もなかろうが、わしはそなたの味方なのだぞ」

佐奈は切れ切れの声で問うた。

「わたくしの咎とは何でしょうか」

「そなたは知らぬのか。夫である加倉啓殿に毒を盛って殺めたと疑われておるのだ。

疑いを晴らさねば斬首《ざんしゅ》となろう」

故山の声は冷酷に響いた。

「わたくしにどうしてそのような恐ろしいことができましょうか」

佐奈はまた、震えた。

「横目付の調べですべてはわかっているのだ」

「わたくしが何をしたと言われるのか、お教えください」

佐奈は振り向かずにうつむいたまま言った。

故山は、甚五郎を振り向いた。

「そなたから話してやるがよい」

言われた甚五郎は、ゆっくりと首を横に振った。

「すでにご報告申し上げておりますゆえ、馬淵様からお話しくださいますよう。そのほうが女も得心がいきましょう」

「わしに話せというのか」

故山は不服げな顔をした。少し考えてから、

「話してもよいが、佐奈殿、先ほどからのそなたの態度は何じゃ。そっぽを向いた

ままではないか。恐れをなして、わしの顔を見ることができぬゆえであろうが、それでは話が満足にできぬ。こちらを向け」

と咎めた。だが、佐奈は顔を向けようとはしない。故山が何か言いかけようとしたとき、菜摘が口を挟んだ。

「佐奈様は病ゆえ、ひとと向かい合って話すとお疲れになるのです。どうぞ、そのままにしてあげてください」

次郎が部屋の隅から、

「そぎゃんたい。顔を見たくもない相手を無理に見ることはなかたい」

と声を発した。故山が振り向いて次郎を睨み据えたとき、佐奈は震えが止まり、ゆっくりと口を開いた。

「平野様、ありがたく存じます。いつかは向かい合わねばならぬことだ、とわかっておりました。もう逃げはいたしません」

佐奈は正面から故山を見据えた。

青ざめているが、目には光があった。故山はうなずいて、

「ようやく、正気を取り戻したか」

とつぶやいた。

「わたくしが夫をなぜ、どのようにして殺したのかをお話しください」

佐奈が静かに言うと、故山は苦い顔になった。

「そなたは、ここにおる平野国臣と密通いたし、邪魔になった加倉殿に毒を盛って殺したということだ」

佐奈は激しく頭を振り、

「さようなことはいたしておりません」

と、きっぱり言った。

「加倉殿が死んでいるのを知りながら、福岡から出奔し、長崎まで平野を追いかけたのが、何よりの証拠ではないのか」

故山は佐奈を見つめた。

「逃げたのは、身を守るためでございます。わたくしは身籠っております。厳しいお取調べを受ければ赤子が死んでしまったかもしれません」

故山は大きくうなずいた。

「そなたが身籠ったことは、加倉殿より聞いておる。夫婦仲がよいのは結構なことだと思っておった」

佐奈はじっと故山を見つめた。

悲しげな目だった。

故山は目をそらせて、

「いずれにしても、すべては福岡に戻って調べればわかることだ」

と言った。故山の言葉に亮が身じろぎして応じた。

「そうはいかないでしょう。この場で明らかにしたほうがよいのではありませんか。松本様始め、立会人の方々がいるのですから」

故山はじろりと亮を睨んだ。

「他人がいらざる口出しは慎んでいただこうか」

甚五郎が首をかしげた。

「これは、おかしゅうござる。馬渕様は他人ではないのでござるか。加倉殿と他人以上の関わりがありになるのでしょうか」

「わしは加倉啓の和歌の師である。師として弟子を案じておるのだ」

「それゆえ、佐奈殿をお屋敷に呼ばれたのですかな」

甚五郎が執拗に訊くと、佐奈が眩暈を起こしたように寝台に手をついた。千沙と菜摘が佐奈に駆け寄った。菜摘は甚五郎を振り向いて、

「佐奈様の前でさような話はお止めください」

と声を高くした。だが、甚五郎は目を鋭くして、

「このことを問わねば馬淵様の悪事は暴けませぬ。お許しあれ」

と言い放った。故山は目を瞠った。

「田代、貴様はわしを裏切りおったのか」

「いえ、横目付としての役目を果たしておるだけでございます。馬淵様、これをご覧ください」

甚五郎は部屋の隅に置いていた木箱を取ると、中から黒楽茶碗を取り出した。部屋にいる者たちはいっせいに怪訝な目で甚五郎が何をするかを見守った。

「この黒楽茶碗をポンペ先生に調べていただいたところ、茶碗の内側に塗られた毒が残っておりましたぞ」

「何だと」

故山はぎょっとした。

二十二

「すなわち、毒は薬の中ではなく、この茶碗そのものに仕込まれておったのです。さて妻が夫に毒を盛るにあたって、わざわざ茶碗に塗り込んだりなどいたしましょうか。茶の中にでも食膳の汁にでもいくらでも入れることができましょう。つまり茶碗に毒を仕込むのは屋敷の中におらぬ者なのです」

甚五郎は黒楽茶碗を故山に突きつけた。故山は額に汗を浮かべて黒楽茶碗を睨んで、

「貴様、何を企んでおる」

と声を高くした。

「何のことでござろうか」

甚五郎はとぼけた表情になった。

「この黒楽茶碗は――」

故山は茶碗を指差したが、ふと気づいたように指を下ろした。

亮があごを手でなでながら、

「加倉啓様が死んでおられたときに、かたわらにあった黒楽茶碗ではないと言われるのでしょう。たしかに、田代様は加倉家の黒楽茶碗を手に入れましたが、ここに持参いたしたのは別のものです。しかし、さすがに素養の深い馬淵様です、一目で茶碗の真贋《しんがん》を見抜かれました」

と言った。甚五郎は故山を見遣った。

「それがしが黒楽茶碗のことをおうかがいしたとき、さようなものを加倉殿に渡してはおらぬと言われました。それなのに、たったいま、違うものだと言われたのです」

「知らぬ。わしは何も言っておらぬ」

「それは通りませんぞ。ここには、松本様始め立会人がいるのですから」

甚五郎がまわりを見まわすと、良順が一歩前に出た。

「松本良順、たしかにいまの次第を見届けた。馬淵殿は加倉家の黒楽茶碗を知っていたに違いないとみえ申した。このこと、長崎奉行様にも申し上げよう」

良順が野太い声で言うと、亮は白い歯を見せて笑った。

「あなたを長崎までおびき出したのは、このためです。福岡ならば、あなたの説明はすべて通るでしょうが、ここではそうはいきません」

故山は何も答えず、亮を睨み据える。

亮はにやりと笑った。

「あなたは加倉様に、尊攘派が押しかけてきたら、毒入りの茶を出すようにと言って薬袋に毒を入れて渡した。同時に、薬袋だけを持ち帰っては家人に怪しまれるかもしれないと言いつくろって、黒楽茶碗を添えて持たせたのです。加倉様は歌道だけではなく、茶道にも熱心だった。だから、名品の黒楽茶碗を持ち帰れば、自分で茶を点てて一服することはわかっていたはずです」

故山はひややかに笑った。

「物知らずなことを言う。茶の湯で使う茶碗はまず、洗って清めておくものだ。そうすれば、毒など溶けてしまおう」

佐奈が驚いて口を開いた。

「夫は、馬淵様から黒楽茶碗は湯で洗うと釉薬《ゆうやく》が溶けるゆえ、最初の一杯は洗わずに喫して茶を吸い込ませるように言われたと申しておりました」

佐奈の言葉を聞いて故山は苦々しげな顔になった。

亮は故山をうかがうように見た。

「さて、毒を盛る方法はわかりましたが、なぜ、あなたが、そんなことをしたのかはわかりません。ここは長崎です。たとえ、どのように言われても、福岡に戻れば、あなたの言うことが通るでしょう。わたしたちは佐奈様を守ることさえできればいいのです。教えていただけませんか」

故山はちらりと佐奈を見てから、亮に顔を向けた。

「教えずとも、見当はついておるであろう」

「加倉様が邪魔になったのだと思います」

亮が言うと、次郎が前に出てきた。

「あんたは、尊攘派に狙われるようになった加倉が自分のもとに出入りしていることが面倒になったのじゃなかですか。尊攘派が加倉を殺めたら、次は自分の番だと思うたとじゃなかかね」

次郎に睨み据えられて故山はゆっくり頭を振った。

「尊攘派を恐れるわしと思うか。加倉が死なねばならなかったのは、わしを脅したからだ」

亮が首をかしげた。

「加倉様にとって、あなたは頼る相手ではなかったのですか。それなのに、なぜ脅したりしたのです」

故山はまわりにいる者たちを見まわしてから口を開いた。

「あの男はわしに気に入られるために自分の妻を差し出した。だが、そのことをすぐに悔やんだのだ。妻との間に溝ができ、わしを憎むようになった。そこで、わしを不義密通で目付に訴えると言い出しおった」

甚五郎が腕を組んで、

「なるほど、そういうことだったのですか」

故山はさらに苦い顔になった。

「そんなことをされれば、わしは藩での地位を失う。軽くて追放、重ければ切腹となりかねぬ。それゆえ、加倉を殺めようと思ったのだが、それだけではないぞ――」

佐奈に目をやってから故山は話を継いだ。

「わしは佐奈をまことにいとおしんだのだ。だからこそ、加倉に命じてわしのもとに連れてこさせたのだが、わしのものにしてみると、いとおしさがいや増した。どうあっても、加倉から奪いたいと思った。それゆえ、加倉の命を奪おうと思った。いわば、佐奈へのいとおしさのゆえだ」

故山が言うと、佐奈が頽れた。

次郎は故山の前に立つとこぶしを振り上げてなぐりつけた。

故山はうめいて倒れた。

仁王立ちになった次郎は、倒れた故山を見据えて怒鳴った。

「貴様は何ちゅうことを言うとか。尊攘であれ、佐幕であれ、どげな考えを持っておっても、踏み外しちゃならん、ひとの道があるたい。弱か者をいじめちゃならん、ひとにむごうしちゃならん、情に背くことをしちゃならん。情の上に立つけん、大義があるったい。ひとの情を踏みにじる者は武士じゃなか」

次郎は一息置いてから刀の柄に手をかけた。

「おいが成敗しちゃるたい」

殺気を放ちつつ次郎は一歩踏み出した。

亮が次郎を制しようとすると、甚五郎が亮の腕をとって、

「平野殿にまかせましょう」

と言って抑えた。故山は蒼白になって手を上げた。

「待て、お主たちは勘違いをしているぞ。わしが長崎まで来たのは、佐奈を助けるためなのだ。いまの佐奈を助けることができるのはわししかおらん」

「なんだと」

次郎は刀の柄に手をかけたまま故山を睨みつけた。故山はあえぎながら言葉を継いだ。

「加倉は、佐奈がわしの子を身籠ったと言って脅したのだ。あの男がわしを脅そうと腹を決めたのは、そのためだった」

床に頽れていた佐奈は故山の言葉に目を閉じた。

「夫ならば、妻が身籠ったのが、自分の子か他人の子かはおのずからわかるであろう。それゆえ、あの男はわしを脅し、破滅させようとしたのだ」

「貴様、まだ、そげなことば言うとか」

次郎はもはや、問答無用という顔になった。だが、故山は唇を湿らせてから言葉を継いだ。

「加倉が死んでいるのを見た佐奈が、そのまま福岡から出奔したのもそのためだ。不義の子を産めるはずがないからな。わしには佐奈の考えがすぐにわかった。それゆえ、何とか助けたいと思って横目付を使って佐奈の行方を捜したのだ。わしは殿のお気に入りゆえ、佐奈を見つけたうえで、何とでも釈明して咎めを逃れさせようと思った。そして子供を産ませてやろう、と思ったのだ。わしは佐奈がいとおしいのだ」

次郎は冷たく光る目で故山を見据えた。

「貴様の言うことはすべて嘘たい。ひとつも信じられん。後の言い訳は、地獄で閻《えん》魔《ま》大王にしたらよかたい」

次郎はすらりと刀を抜いた。亮と誠之助が次郎のそばに寄った。ふたりは次郎を止めねばならないと思っていた。

「平野様、ここでひとを斬ればあなたもただではすみませんぞ」

亮が言うと、誠之助も声を低めた。

「そうです。このような男、斬るには値しません」

次郎はにこりとして首を横に振った。

「わたしは自分の命は安く踏んどるとたい。せにゃならんと思うたことのためなら、いつでん投げ出して悔いはなかと――」

亮と誠之助がなおも制しようとすると、かたわらの甚五郎が落ち着いた声で言った。

「構わないじゃありませんか。わたしは、横目付ですが、たったいまから、この場のことは目をつぶりますよ」

亮は甚五郎に顔を向けた。

「それは本気ですか」

甚五郎は故山に顔を向けてつぶやくように言った。

「わたしのような者でもひとに腹を立てるときがあるんですよ」

次郎がうなずいて亮と誠之助の手を振り払い前に出たとき、佐奈がふらふらと立ち上がった。次郎たちが驚いて見つめると佐奈は故山と次郎の間に割って入った。

「平野様、お止めください」

佐奈は悲しげに言った。

「佐奈様、どうして――」

次郎は呆気にとられた。

佐奈は目を閉じて立ち尽くしている。

二十三

「わたくしのおなかの子は故山様の子ではありません。夫である加倉啓の子なのです」

佐奈は目を開けるとゆっくり振り向き、故山に顔を向けて言った。

「馬鹿な。加倉啓はたしかに、わしにそう申したぞ」

故山が腹立たしげに大きな声を出した。

「夫はわたくしがあなたの屋敷から戻った後、ひどく後悔しておりました。夫はひと言もわたくしに謝りはしませんでした。そして寝所を別にはいたしませんでした。

そのとき、わたくしは身籠ったことがわかりました」

故山は、はっは、と大声で笑った。

「夫婦の密事《ひそかごと》でいつ身籠ったとわかるなど、わしは聞いたことがないぞ。おのれの都合でさようなことを言っておるのだろう。加倉啓の子ならば福岡から逃げ出さずともよかったではないか」

故山が言い切ると、

「そうとも限りませんよ」

という女の声がした。皆が振り向くと、それまで黙っていたいねが前に出てきた。

故山は、背筋がすらりとのびて髪がやや赤茶けているが、色白で澄んだ目をした西洋人のような顔立ちのいねを見て、ぎょっとした。

「なんだ、お前は——」

故山が居丈高に言うと、いねは微笑んだ。

「わたくしはいねと申します。ポンペ先生よりオランダ医学を学んでおります」

故山はいねの名を聞いたことがあるのか、はっとした様子でまじまじといねを見つめた。

いねはゆっくりと口を開いた。

「いまのお話ですが、女子はいつ身籠ったか不思議とわかることがあります。いつもそうだというわけではありませんが、実際にわかるひともいるようです。佐奈さんはおそらくそういう女のひとなのだろうと思います」

「馬鹿な。あなたは佐奈をかばおうと思ってそのように言うのだろう。もし、佐奈が身籠ったのが加倉の子ならば、あのようにわしを脅そうなどとするはずがない」

いねは頭を振った。

「男にはわからないものなのです。加倉という方にも、あなたにも、佐奈さんのおなかにいるのが誰の子かは到底わからないのです。だからこそ、疑って嫉妬するのでしょう」

冷静ないねの言葉に、故山は気圧《けお》された。そんな故山を見据えていねは、

「馬淵様とおっしゃいましたね。先ほどから佐奈さんをいとおしいと思ったなどと心にもないことをおっしゃっておられますが、いいかげんになされたらいかがですか」

と手厳しく言った。故山は困惑の色を見せた。

「なぜわしがあなたからさようなことを言われなければならぬのだ」

いねはちらりと佐奈を見てから話した。

「わたくしにはひとり娘がおりますが、望まぬ相手に手籠め同然にされて産んだ子でございます。それゆえ、わたくしはわが子を産むときに、この子はあの男とは関わりのないわたくしだけの子だと思い定めました。生まれた子が誰の子なのかは、母親が決めます。佐奈さんもさようにされることでしょう」

いねは父親のシーボルトが日本を去った後、シーボルトの弟子たちによって守り育てられた。伊予宇和島の二宮敬作のもとで外科を修業したが、産科医になろうと志して、十八歳のときにやはり父の弟子だった岡山の石井宗謙のもとに学びに行った。

七年間、石井のもとで産科医としての修業を積んだが、石井はいねに横恋慕して無理やり犯した。このとき、身籠ったいねは、長崎に帰ってひとりで出産を決意した。二十五歳で娘を持ったいねは、長崎の母に娘を預けるとさらに宇和島に赴いて医師として学び続けてきたのだ。

いねの言葉には自らの体験と重ね合わせた重みがあった。

「何ということを」

故山が呆然とすると、平野次郎が愉快そうに言った。

「まったくそげんたい。この世を生きる者の値打ちは、身分でも名でも、ましてや金でもなか。真心たい。生きるちゃ、おのれの真心を磨く修行をすることたい。そん真心は死んでもあの世に持っていけるとよ。馬淵故山、あんたは何にも持っておらんとじゃ。そんことば悔いる日がきっと来るったい。そん日が来るとば首を洗って待ちんしゃい」

次郎に言われて、故山は悔しげに睨みつけた。すると、甚五郎が、

「馬淵様、わたしは明日には福岡へ発ちますぞ。あなた様より早く福岡へ戻れば、すべてを上司に言わねばなりません。それでよろしいですか」

とあてこするように言った。

「なんだと、馬鹿な横目付の言うことなど誰が信用するものか。わしは殿の信厚き、馬淵故山だぞ」

「さように思われるなら、さっさと帰られるがよろしゅうござる。なるほどわたしの言葉は信じられぬかもしれませんが、この場におられるのは幕府の西洋医学伝習

所の方々ですぞ。長崎奉行所を通じ幕府に訴えられたら何となさいます」

　故山はぎょっとしてまわりを見まわしたが、後退《あとずさ》りすると、いきなり背を向けて急ぎ足で部屋から出ていった。

　その様子を見て、次郎が、甚五郎に顔を向けた。

「あん男は自分の身をかばうために、福岡に帰って嘘八百を並べるに違いなか。そうすりゃ、あんたの首が飛ぶかもしれんたい。それでんよかとね」

　甚五郎は平然と答える。

「実は故山が何をしたかは福岡にいる間に見当がつきました。そこで上司に報告し、わたしが故山を長崎に連れ出している間に、屋敷を調べてもらうことにしました。おそらく故山にとって都合の悪い手紙がぞろぞろと出てくるでしょう。故山は大急ぎで火に飛び込む虫のようなものです」

　甚五郎が淡々と言うと、次郎は笑った。

「なんじゃ、そげんことね。馬淵故山も哀ればい。そげんなっちょるところに飛び込むとはね」

　ひとしきり笑い終えた次郎は佐奈に顔を向けた。

「佐奈様、どうやら福岡には連れ戻されんですむようじゃ。それなら、おいはもはや行かねばならんたい」

佐奈は一瞬、寂しげな顔をしたが、すぐに笑顔になって、

「助けに来てくださりありがとうございました」

と頭を下げた。

「佐奈様、それでよろしいのですか」

亮がかたわらから声をかけた。佐奈は素知らぬ顔をして、

「それでよいかとはどういうことでしょうか」

「佐奈様は身重の体で福岡からはるばる長崎まで、路銀もなく苦しい旅をされてきた。福岡を出たのは、加倉様が亡くなられた一件で疑いをかけられて取り調べられたら、おなかの子に障るからだと言われましたが、長崎まで旅をするほうがよほど危ないはずです。それなのになぜ長崎を目指したのですか」

亮に問われて、佐奈は頭を振った。

「何もありません、何も――」

千沙が前に出てきた。

「そんなはずはありません。姉上は何かがあって長崎まで来られたのだと思います」

千沙が言うと、かたわらに出てきた誠之助も、

「やはり、何かがおありだったのではないでしょうか」

と言い添えながら、次郎に目を遣った。

次郎は呆然として、

「わたしには何の覚えもないことたい」

と応じた。

亮はうなずいた。

「平野様はご存じないことです。それでもひとの胸に何かが宿ることはあるのではないでしょうか」

亮がやさしく言うと、佐奈は寝台に腰を下ろして顔を覆った。

菜摘がそばに座り、佐奈の顔を覗き込むようにして訊ねた。

「何があったのでしょうか。教えていただけませんか」

佐奈はしばらくうつむいたまま、顔を覆っていたが、ようやく手を下ろし、顔を

上げた。

次郎を見つめた佐奈はおもむろに口を開いた。

「わたくしは八年前、平野様に命を救われたのです」

次郎は目を瞠った。

「八年前――」

「わたくしは十五歳でしたが、父母とともに、大坂に親戚を訪ねて船旅をいたしまして、博多に戻ってきたとき、突風で船が沈没したのです。多くのひとが亡くなりましたが、父母は船べりにしがみついていたところをひとに助けられました。ですが、わたくしは海に放り出されたのです」

佐奈が話すと、次郎ははっとした。

「まさか、あのときの娘が――」

佐奈はうなずいた。

「わたくしはあのとき、平野様に助けていただきました」

佐奈は涙ながらに言った。

「わたくしも覚えています。突然、竜巻のような風が起きて父と母の乗った船が沈没しました。わたしは港へ駆けつけました。父と母の無事はすぐにわかりましたが、姉上の行方がわからず、みな途方にくれました。姉上が助かって帰ってこられたのは何日もたってからでした」

千沙が口に手をあてて言った。佐奈は深々とうなずいた。

「そうです。わたくしは海に投げ出され、あやうく死ぬところでした。助けられてもしばらく自分が誰なのか記憶が戻らず、ようやく五日後に思い出して家に戻ることができました。わたくしは、その間、ずっと平野様と一緒にいたのです」

「あのときの娘御が——」

次郎は呆然とした。

二十四

夏の海だった。

沈没する船から放り出された佐奈は流木にしがみついた。そのおかげで溺れはしなかったが、潮の流れに乗せられて沖へと運ばれた。

佐奈は必死で流木にしがみついていたが、何も考えられず、頭はしだいに霞《かすみ》がかかったようにぼんやりとなっていった。時折、海水が口に入ってむせた。

佐奈は気がつかなかったが、いつの間にか宗像《むなかた》郡大島村の沖合から沖ノ島へと流されていた。沖ノ島は玄界灘のほぼ真ん中に浮かぶ絶海の孤島だ。その中腹に田心《たごり》姫神《ひめのかみ》を祀る沖津《おきつ》宮《ぐう》が鎮座している。

佐奈はもはや、力尽きて溺れようとしていた。そのとき、水音がして、誰かが泳いで近寄ってきた。もう海中に沈まんとしている佐奈を力強い手が引きとめてくれた。そのひとは佐奈の脇の下に手を入れて巧みに泳いだ。

そのひとは佐奈を連れて舟に近づくと、

「おい、引き揚げるぞ。手伝ってくれ」

と声をかけた。漁師らしい男たちが佐奈の着物に竿《さお》をからませるなどして引き揚げ、そのひとも海中から佐奈の体を持ち上げた。

ようやく佐奈を舟に揚げると、そのひとも船べりをつかんで上がってきた。下帯だけの素っ裸だった。

「平野様、土左衛門を拾うのは勘弁して欲しか」

漁師らしい男が言った。

「なんが土左衛門か、まだ息ばしとる。きれいな娘さんやなかね」

そのひと、平野次郎は明るい口調で言ってのけた。

「そげん言わるるばってん、どげんするとですか。沖ノ島は女人禁制じゃなかですか」

「そうやったな。海で溺れた女子をちょっと介抱するのもいけんじゃろか」

次郎は困惑したように言った。

「いけんに決まっとるじゃなかですか。それに島に上がったら、一木一草一石たりとも持ち出すことは掟で禁じられとうとですよ。もし、この娘を島に上げたら置き捨てるほかなかですたい」

「それはまた、せからしか。そんなら大島村に引き返そうかね。これも神様のお導きかもしれんたい」

次郎が言うと、漁師は驚いたように声を高くした。

「なんば、言わるっとですか。平野様な、沖ノ島の沖津宮普請のために藩から遣わさるっとじゃなかですか。溺れた女ば助けて戻ったら、お咎めがありますたい」

「ひと助けをして怒る神様はおらんたい。神様が怒らんとに藩の者が文句を言うたら、おかしかろうが。なんでん構わんたい。さっさと舟ば戻しんしゃい」

次郎は明るく笑って言ってのけた。

この間、佐奈は半ば気を失いながら次郎と漁師のやりとりを聞いていた。次郎の言葉を鮮明に覚えているのは、これで助かったという思いとともに、その豪快な明るさが胸に染みたからでもあった。

次郎は大島村の村役人の家に佐奈をかつぎ込んだ。漂流している間は気づかなかったが、佐奈は左足を捻挫《ねんざ》しており、立って歩くのが難しかった。

次郎は佐奈を背負って村役人のもとへ運び込んだのである。次郎は村役人に床をとらせ、そのとき、佐奈に親と本人の名を訊いた。

しかし、佐奈が答えられず、青ざめて涙ぐむと次郎は、

「急がんでよかたい。昨日、博多の港に入ろうとした船が突風で沈没したらしか。そん船に乗っとったとじゃろう。親御さんも捜しておんなさろうけん、すぐにわか

るたい」

と言って慰めた。

だが、佐奈の身元はなかなかわからなかった。次郎は沖ノ島から引き返したことを班長に届けると、村役人に沈んだ船のことを調べさせた。すると船の客二十人のうち、助かったのは八人だけで十二人は溺れ死んだとわかった。

「そらむごかな」

次郎は暗い表情をしてつぶやいたが、佐奈には、

「大丈夫たい。あんたの父御《ててご》と母御はきっと助かっとんなはるよ」

と言ってからりと笑った。

佐奈はこの日も翌日も泣き暮らした。そんな佐奈を慰めるため次郎は菓子などを持ってやってきた。そしてせかすわけではなく、冗談に紛らせて、佐奈の日ごろの暮らしぶりについて訊いた。

初めは霧の中にいるようで何もわからなかった佐奈だが、気づいたら父母や妹がいることなどを話していた。だが、ふと次郎が持ってきた菓子に白い砂糖がかかっているのを見て、

——お薬みたい

ともらした。次郎はさりげなく、

「おお、そうじゃね。砂糖の白い粉が薬んごと見えるね。あんたはいつも薬ば飲みよるとね」

と訊いた。すると、佐奈は、

「いいえ、わたくしの父が医者ですから」

と何気なく言った。同時に、父は、博多の医者、

——稲葉照庵

であることを思い出した。すると、なぜ、いままでわからなかったのだろうと思うほどはっきりと記憶が戻ってきた。

佐奈がはっとして顔を上げると、次郎が笑顔で見つめていた。

「わたしが言った通りたい。もう、思い出したじゃろう」

佐奈は何度も頭を縦に振った。涙が出てきたが、拭こうとも思わなかった。大きな安堵の中にいた。

次郎はそんな佐奈を見つめて、

「そんなら帰ろうか。親御さんが心配しとんなさるじゃろ」

と言った。佐奈は目を瞠った。

「いまからですか」

「そうじゃ。善は急げちゅうたい」

「でも、わたくしはまだ足が痛くて歩けません」

佐奈が首を振ると、次郎は笑った。

「わたしが背負って連れていってやるとたい」

「そんな、お侍さんが女をおぶったりしたら、笑われます」

「笑いたいやつには、笑わせとけばよかとよ。わたしはなんちゃなかたい」

次郎はそう言うと、女中を呼んで佐奈の身支度を手伝わせた。そして、中庭に下りて縁側に佐奈が出てくるのを待った。

支度ができた佐奈は縁側からおずおずと次郎の背中におぶわれた。

次郎は軽々と佐奈を背負い、中庭から外へ出た。

浜を通って街道へ向かう次郎の背で、佐奈は潮騒を聞いた。どうしてこんなに幸せな気持なのだろう、と思った。

佐奈は次郎の肩にしがみつき、

「博多に着いたら、平野様に父からお礼をしてもらいます」

「礼などいらんたい」

次郎は笑いながら歩いていく。

「でしたら、わたくしからお礼をします」

「はは、女子が何の礼ばするとね」

「お嫁さんになってあげます」

佐奈は思い切って言った。顔が赤くなった。なぜそんなことを言おうと思ったのか、わからない。このひとは命の恩人なのだから。

そう思った。

だが、違うだろう。平野次郎という漢《おとこ》が好きなのだ。そのことは胸の奥でわかっていた。

次郎は笑った。

「ああ、そりゃありがたい。あんたのような美しか嫁が来てくれたら、わたしは近所の者に大威張りできるたい」

次郎は佐奈を背負い直して、どんどん歩いていく。

（このひとは冗談だと思っている）

佐奈は次郎の首をしっかりと抱いた。

悲しかった。だけど、どこか嬉しかった。

どう思っていいのかわからない。

潮騒が絶え間なく聞こえてくる。


佐奈が話し終えると、千沙は声をあげて泣き、誠之助も肩を震わせた。

次郎はため息をついた。

「わたしは大馬鹿者たい。あのときの娘が佐奈様とはまったく気づかなんだ」

佐奈は微笑んだ。

「女は嫁ぐと変わりますから。それにお客の前に女子が顔を出さぬのは武家のしきたりですし、平野様は礼儀正しく、他家の妻の顔をじろじろ見たりはされませんでしたから」

菜摘は大きく吐息をついた。

「平野様にそんな想いがおありだったから、長崎にまで来られたのですね」

佐奈は深々とうなずいた。

「わたくしはおなかの子の父親が平野様であったらどれほど幸せかと思いました。そうしたら、赤子が生まれたら平野様に抱いてもらいたいと思いました。赤子にとって生まれて最初に抱いてくれた男のひとが父親になるのではないか、と思ったのです。馬鹿なことを考えたものだ、とお笑いください」

いねがゆっくりと口を開いた。

「いいえ、そんなことはありませんよ。生まれてくる子の父親は誰なのか女子が決めるのだ、と先ほども言ったではありませんか。平野様が嫌だと言われるのなら別ですが――」

いねの言葉を受けて、菜摘は次郎を見つめた。

「いかがでしょうか、平野様、女子の我儘《わがまま》だとお笑いになりますか」

次郎はやさしい目をして頭を振った。

「そんなことはなかですたい。実は、わたしはあのとき海で助けた娘のこと、永年忘れられんかった。惚れちょったのじゃろう。その娘がわたしの子を産みたいちゅうてくれる。嬉しかたい」

佐奈は信じられないというように次郎を見た。

「まことでございますか」

「わたしは嘘と坊主の髷はゆうたことがなかたい」

次郎は笑顔でうなずいた。

安政六年（一八五九）の夏、佐奈は女の子を産んだ。次郎は抱き上げると、赤子に、

——ゆめ

と名をつけて博多へと去った。

その後、甚五郎から、馬淵故山が不届きのことあり、という理由で閉門蟄居を命じられたと告げられた。これを知った菜摘は、

「ひとを殺していながらこれだけのお裁きでよいのでしょうか」

と亮に言った。

「裁かれてひとが死ねばいいというものではないだろう。それよりもわたしたちは医者なのだからひとを生かさなければ」

亮は淡々と答えるだけだった。

この年八月、ポンペは松本良順とともに女囚の〈腑分け〉を行った。女囚は名もわからない無宿者だったため、長崎奉行の岡部長常は死んだ女囚の名を、

――佐奈
と記帳させた。そして、佐奈には、

「そなたはもはや、福岡に戻れまい。これからは名をあらためて、いね殿のもとで医者の修業をいたすがよい」

と言い渡した。

佐奈は、国《くに》と名をあらためて、いねのもとで、ゆめとともに暮らすことになった。次郎の諱《いみな》にちなんだのである。

後に国は産科医となるが、そのころ、娘のゆめは、尊王攘夷の志士として活躍した平野次郎国臣の娘だ、という噂が立ったという。

二十五

菜摘はその後も長崎で鍼治療を行う町医として働き続けた。その仕事を千沙と誠之助が手伝い、たまに亮も患者を診ることがあった。

そして長崎奉行の岡部長常から、

「町医者として看板を上げてはどうだ」

と言われたのを機会に、

——時雨堂《しぐれどう》
という看板を門に掲げることにした。亮に医者の看板を上げる話をすると、

「時雨とは、ほどよい時に降る雨のことだという。医者は早すぎても遅すぎてもいかん。ちょうどよいおり、病に苦しむひとを癒す雨でなければならんからな」

と言ったからだ。

看板の文字は長常が書いてくれた。できあがった看板を誠之助が門に掲げると、千沙が嘆声を発した。

「まことによい名ですね」

誠之助も看板を見上げて、

「だれもが困ったおりに、助けの手が来て欲しいと願うでしょうからね」

とつぶやいた。

亮はうなずく。

「わたしたちも、時雨のようにひとを助けられたらいいのだが」

亮の言葉を聞きながら、菜摘は佐奈のことを思った。

佐奈は苦しい思いに耐え忍んで、ようやく平野次郎という時雨に出会えたのではなかったか。

ひとは苦難の中にあっても、負けずに進み続けるならば、やがて天から慈雨が降り注ぐのだ、と菜摘は思った。

よく晴れた日だった。菜摘は青空を見上げた。

風にのって潮鳴りが聞こえてくる。

解説

村木嵐

あの菜摘と千沙が、誠之助や亮とともに帰って来た――

思わず手を打って本書を開かれた方も多いことだろう。しかし前作の刊行から二年が経ち、葉室さんの著書は今も増え続けている。とっさに戸惑われた読者もおられるはずだから、まずはそちらの紹介をしておきたい。本書は『風かおる』の待望の続編、幕末の長崎で厳しい運命にさらされた人々を、若い四人が守り抜く物語である。

黒田藩郡方五十石、つつましい武家の娘に生まれた菜摘は、成長して蘭方医の佐久良亮に嫁ぎ、夫の手ほどきで自らも鍼灸医となっていた。蘭学を究めるために留学した夫とは離ればなれだが、菜摘のそばには愉快な弟・誠之助と、姉のように慕ってくれる幼馴染みの千沙がいた。

千沙は華奢な体ながら剣の遣い手で、髪を後ろに束ねて袴をつけた男の姿をしている。頭が良くて男勝り、跳ねっ返りで口も達者だが、不器用に誠之助を慕ってい ることはどうにも隠しきれない。いっぽうの誠之助は気取らない次男の部屋住みで、表立っては医師になるつもりもなく、のんびりと書を読んで暮らしている。

そんな二人に菜摘はときにやきもきし、亮は風のように舞い戻ってはドンと押し、徐々に誠之助も千沙に惹かれるようになっていた。

ところがこの伸びやかで明るい四人の日々は、菜摘の養父・佐十郎が病を得て帰国したことから一変する。佐十郎は菜摘が幼いときに出奔したのだが、実は男と駆け落ちした妻を追って妻敵《めがたき》討ちの旅を続けていたのである。

菜摘にとって優しく立派だった養父、佐十郎。将来を嘱望され、才能にも友人にも恵まれていた養父と、その申し分ない妻だった養母のあいだにいったい何があったのか。妻を討ち果たして戻った佐十郎は身も心も傷つき、まるで別人となって、ただひたすら自分たちを罠にはめた男の影を追っていた——

菜摘たち若い四人は佐十郎を信じ、藩の内情にまで踏み込んで真相を探っていく。そして佐十郎の意外すぎる過去を知り、些細な行き違いが歳月を経て大きな悲劇になったことに行き当たってしまう。

だが皮肉な運命に傷つき、もがき苦しんだ佐十郎たちの一途な生き方は、四人にかけがえのない指針を与えた。親にも等しい佐十郎たちの生涯に追い風が一陣も吹かなかったぶん、菜摘たちはよい風に、「この世によき香りをもたらす風に」なろうと決意するのである。

そうなのだ、どのような悲しい思い出も乗り越えていかねばならない。風がかおるように生きなければ。

そうして四人は風のごとく颯爽と去り、長崎で新しい生活を始めていた。

異国情緒あふれる新天地で一年が過ぎ、菜摘は長崎奉行の信頼あつい御雇の鍼灸医になり、亮は幕府の海軍伝習所でオランダ軍医ポンペについて西洋医学を学んでいた。千沙は相変わらず凜々しく町を闊歩し、唇をとがらせて誠之助に憎まれ口をたたいている。誠之助はそんな千沙にいよいよ満更でもない様子だが、どちらもまだ素直になれずにいた。

菜摘と亮が二人に感じるもどかしさはそのまま私たち読者のものだが、時代はまさに風雲急を告げている。四人の見下ろす海にはゆったりとオランダ船が浮かぶが、江戸では安政の大獄が幕を開け、長崎にも志士が集まり始めていた。

医術にたずさわる菜摘たちはシーボルトの娘いねや松本良順と親しくなり、当時恐れられたコレラや医療黎明期の腑分け（解剖）に関わる。外からは尊王攘夷の波が押し寄せて、ふるさと黒田藩の思惑も絡み、勝海舟や平野国臣といった有為の志士たちとも渡り合っていく。

葉室さんはいつも、特別な時代に特別な枠組の中で生きるほかない人々を活写するが、読者の頭からそんなバイアスをすぐに外させてしまうのが真骨頂だろう。

ネタバレではなく、前作のキーが〈妻敵討ち〉だとすると本作のそれは〈不義の子〉である。前作のときは知る由もなかったが、本作と併せて読めば、葉室さんが最終的に明かすつもりだったテーマ、つまり作家が当初から目論んでいた〝企み〟が、くっきりと浮かび上がってくる。

夫婦という男女の典型の一つにおいて、夫が裏切った妻を殺さねばならない〈妻敵討ち〉は、男が制度上課された弱点といってもいいだろう。そして〈不義の子〉は夫婦という制度の中で生じるもので、妊娠、出産となると、肉体的にどうしても女が弱い立場に追いやられてしまう。

どちらも異性なしには起こり得ない事象だが、妻なら夫を討たなくてもいいし、男ならリスクを伴う妊娠も出産もしなくてすむ。そして相手を討つ、子を産む、という決断は、つねに弱者の側に委ねられているのである。

この性にまつわる弱みに、〈妻敵討ち〉の前作では佐十郎が、〈不義の子〉の今作では千沙の姉・佐奈が、どう向き合い乗り越えるかが作品の醍醐味の一つになっていた。

そして葉室さんはそれをアクロバットで、男（または女）が解決するしかない問題を女（または男）によって打開させた。〈妻敵討ち〉に女が、〈不義の子〉に男が劇的な橋渡しをすることで、本来暗く沈むしかなかった人々を希望ある未来への戸口に立たせたのである。

葉室さんはつねに、この世界には思いで越えられない試練はないと書いている。

人間の典型も、かくあるべき生き方も、人の強さ清さも、脆《もろ》さ醜さも、葉室さんはこれまで存分に書いてきた。男であれ女であれ、およそ葉室さんが書き漏らした人物はなかったと言ってもいいだろう。

だがだからこそ葉室さんがこの連作で書こうとしたのは、剝き身の人間ではなかったような気がする。

どんな考えを持っていても、踏み外してはならない、ひとの道がある。情に背くことをしちゃならん。情の上に立つから、大義がある。

作中、葉室さんはさる志士にこんなことを言わせている。むろん葉室さんの力強い筆で読んでもらってからのことになるが、これが著者の夫婦というものに対する強いオマージュだと感じた読者は多いはずだ。

夫婦――

夫にとって妻とは何か。夫婦とは一体どんなものなのか。葉室さんが今回いちばん描きたかったのは、かくあるべき夫婦の姿だったのではないだろうか。

だから千沙と誠之助はいまだに夫婦にならず、兄姉にも等しい菜摘と亮に気を揉ませっぱなしでいる。一足先に夫婦になっている菜摘と亮は、そのさらに先輩である佐十郎や佐奈から、いやというほど夫婦のありようを突きつけられている。

男女の無責任な愛憎だけでは〈妻敵討ち〉も〈不義の子〉も生まれない。夫婦という人と人との最小単位が合わさって社会ができ、国が建ってこそのものなのだ。夫婦など紙切れ一枚、ただの制度、契約にすぎないとも言われるが、これからも絶対に軽んじられていいはずはない。巨大な権力も歴史のうねりも、結局はその最小単位から成っているからだ。

夫婦のあいだの愛と信頼、互いに口にはしないかもしれない相手への感謝、それを葉室さんは形にした。

実のところ、私たちが本当の意味で葉室さんの新作を読めなくなってどれくらいの時間が経つのだろう。まだもうしばらく新刊は手にできるだろうが、少なくともこのシリーズの第三作は読むことができない。今も葉室さんが書いておられるように思うのは、私たちの錯覚でしかない。

『潮騒はるか』の次作の構想は担当編集者も聞いていなかったという。それほどあっさり、考えもしない間に葉室さんがいなくなってしまったからだ。

千沙と誠之助がこれからどうなるのか、私たちはもう永久に知ることはできない。

だが菜摘と亮という手本がある二人に、私たちがこれ以上焦《じ》れるのは野暮というものだ。潮騒のはるかな海を背景に、未来の二人の姿が見えてこないとしたら読者としては失格だろう。

あるいは二人はからかい合って、どこまでも歩いていくのが作家の企みだったかもしれない。もしもそうなら、どちらが正解かと読者に想像させたままにした葉室さんの旅立ちは、あまりにも完璧で鮮やかすぎないだろうか。

きっとこの連作には、もう何の心残りもないのですよね、葉室さん。

――作家

この作品は二〇一七年五月小社より刊行されたものです。

潮《しお》騒《さい》はるか

葉《は》室《むろ》麟《りん》

令和2年6月15日　初版発行
令和2年11月25日　4版発行

発行人――石原正康
編集人――高部真人
発行所――株式会社幻冬舎
〒151-0051東京都渋谷区千駄ヶ谷4-9-7
電話　03(5411)6222(営業)
　　　03(5411)6211(編集)
振替00120-8-767643
印刷・製本―図書印刷株式会社
装丁者――高橋雅之

幻冬舎時代小説文庫

ISBN978-4-344-42998-7　C0193　は-31-3